Marion Meister
Circles of Fate
Schicksalssturm

Alle Bände in der Miniserie »Circles of Fate« im Arena Verlag:
*Schicksalsfluch* (Band 1)
*Schicksalskampf* (Band 3)
*Schicksalserwachen* (Band 4)

Weitere Bücher von Marion Meister (alias June Perry)
im Arena Verlag:
*White Maze. Du bist längst mittendrin*
*LifeHack. Dein Leben gehört mir*

*Marion Meister*
denkt sich bereits seit Kindertagen fantasievolle Welten
aus, die parallel zu unserer existieren. Ihre Liebe gilt dabei
besonders den Sagen und Legenden über Magie und Götter.
Inzwischen ist sie hauptberuflich Schriftstellerin und schreibt
Fantasy für Kinder und junge Erwachsene. Ihre Near-Future-
Jugendbücher unter dem Pseudonym June Perry sind preis-
gekrönt. Offiziell lebt sie mit ihrer Familie in der Nähe von
Hannover, ist aber meist in ihren Geschichten unterwegs
und selten im Hier und Jetzt anzutreffen.

Mehr Infos und Austausch mit Marion Meister unter
*www.marionmeister.info* und bei Instagram:
*marionmeister.autorin*

Marion Meister

# CIRCLES OF FATE

## Schicksalssturm

BAND 2

Ein Verlag in der **westermann** GRUPPE

1. Auflage 2021
© 2021 Arena Verlag GmbH
Rottendorfer Str. 16, 97074 Würzburg
Alle Rechte vorbehalten
Dieses Werk wurde von der Literatur Agentur Hanauer vermittelt.

Covergestaltung: Jaqueline Kropmanns
Lektorat: Antonia Thiel
Umschlaggestaltung: Juliane Lindemann

Gesamtherstellung: Westermann Druck Zwickau GmbH
Printed in Germany

ISBN 978-3-401-60592-2

Besuche den Arena Verlag im Netz:
*www.arena-verlag.de*

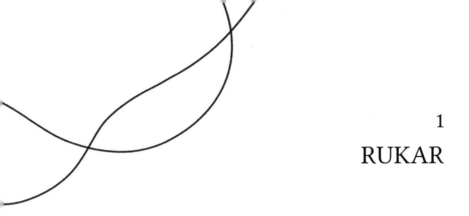

# 1
# RUKAR

Wie hatte er nur in diese beschissene Situation geraten können!

*Gier?*, tönte eine Stimme in seinen Gedanken.

Er verkniff sich ein wütendes Schnauben. Es war keine Gier, endlich in den eigenen vier Wänden leben und ein echtes Bett besitzen zu wollen. Zugegeben, die Bezahlung hatte ihn unvorsichtig werden lassen, aber er hielt es nicht noch ein weiteres Jahr bei Wook aus! Er musste endlich Herr über sein Leben werden.

Aus der Nische neben den Körben beobachtete Rukar die beiden Weberinnen, die den Totenraum betreten hatten und emsig Totenfäden an die Leinen hängten. Der Korb, der zwischen ihnen am Boden stand, war bereits so gut wie geleert.

Schweiß rann ihm aus jeder Pore. Tegans Mantel an sich gedrückt, atmete er flach und verfluchte sich und alle Unsterblichen.

Stück für Stück ruckten die toten Fadenstücke an den Leinen langsam, aber unerbittlich zum Ende des Tunnels vor. Dem hellroten Flackern am Ende und der quälenden Hitze nach zu urteilen, wartete dort ein Feuer auf die Fäden.

Tegans dämlicher Wollpullover gab Rukar den Rest. Er zerfloss vor Hitze. Von Sekunde zu Sekunde wurde es schwerer für ihn, ruhig zu bleiben. Die Zeit lief ihm davon. Irgendwo auf diesen Leinen war der Faden, den er stehlen sollte. Was, wenn er bereits vom Feuer verzehrt worden war?

Seine Beine begannen zu kribbeln, weil er sich so klein wie möglich zusammenkauerte. Er unterdrückte den Zwang, seine Gliedmaßen zu strecken. Noch war nicht bekannt, dass ein Fremder in den Turm eingedrungen war. Er musste an das Mädchen denken, das ihn auf dem Weg hierher ertappt hatte. Ob diese Lita noch immer im Baum festhing? Vermutlich, denn er hatte keine Sirene vernommen oder eine andere Art von Alarm.

Kurz überlegte er, einen Blick in die Zukunft zu werfen, um zu sehen, ob er die beiden Weberinnen ausschalten konnte. Aber er hatte keine Idee, wie er sie fesseln, den Faden finden und unbemerkt aus dieser Falle entkommen sollte, in die er sich manövriert hatte. Es war vernünftiger, seine Energie für einen Kampf zu sparen.

Hatte dieser blöde Korb überhaupt einen Boden? Wie viele Fäden zogen die beiden denn noch daraus hervor?

*Es reicht. Ich werf 'ne Swipekugel auf die beiden!*, schoss es ihm durch den Kopf. Er schloss die Augen. *Nein.* Normalerweise bestückte er seinen Gürtel mit allem Nötigen. Auch in seiner Jacke war immer ein Notfallset. Doch er trug weder seine Jacke noch seinen Gürtel ... Schließlich hatte er sich verkleidet, um in den Turm zu gelangen.

Ein Schweißtropfen rann von seiner Nasenspitze. Am liebsten hätte er die Wut auf sich selbst laut herausgebrüllt. Weberinnen verbrachten ihr Leben hauptsächlich im Turm, deswegen hatte er diesen Auftrag für einen Spaziergang gehalten. Sie blieben unter sich, stritten nicht, mischten sich nicht in Konflikte ein. Sie hatten ja nicht mal einen Wachposten, weil sie sich so sicher fühlten! Kinderspiel, hatte er gedacht.

*Gier und Arroganz*, widersprach seine innere Stimme.

Das Lachen einer der Weberinnen riss ihn aus seinen Überlegungen. »Wann hast du Feierabend? Wollen wir zu den Menschen gehen? Einen Film ansehen?«

Nummer zwei hob den Korb an und schüttelte ihn aus.

Ein letzter Faden schwebte zu Boden.

Die Größere bückte sich und fing ihn auf.

Rukar erstarrte. Sie hatte sich ihm zugewandt. Sie musste nur – doch die Frau drehte sich zur Leine, um den Faden aufzuhängen. »Zu den Menschen? Ich war schon lange nicht mehr dort.«

»Na, dann wird es Zeit. Ich hole dich nach dem Essen ab.« Nummer zwei hatte den Korb unter den Arm geklemmt und die Tür geöffnet. Sie stand direkt vor Rukar. Ein paar Zentimeter näher und sie wäre ihm auf die Zehen gestiegen.

*Bei allen Kaffeesorten der Welt!*, fluchte Rukar in Gedanken. *Geht endlich!*

Es fühlte sich wie eine Ewigkeit an, bis Rukar die Tür ins Schloss fallen hörte und die Stimmen sich entfernten. Dabei hatte er ausnahmsweise nicht an der Zeit gedreht.

Stöhnend richtete er sich auf und bewegte Arme und Beine. Sie kribbelten und Pullover und Hose klebten an ihm. Am liebsten hätte er sich sofort in den hölzernen Badezuber geswipt, der in Wooks zugerümpeltem Hinterhof stand. Doch er hatte keine Zeit mehr zu verlieren, die Fäden rückten stetig auf das Feuer zu und er hatte noch immer keine Ahnung, wie er den richtigen erkennen sollte.

Eilig schob er sich tiefer in den Tunnel hinein, an den Leinen entlang, in Richtung des lodernden Feuers.

# 2
# LITA

Dank Winnies Hilfe hatte Lita endlich die Treppe gefunden, die sich um den Schicksalsbaum hinaufwand. Jeder Atemzug stach ihr in die Seite, doch sie sprang die Stufen weiter hinauf. Ihre Beine fühlten sich schon taub an. Wie viele Etagen waren es noch bis zu Elaines Loft in der Spitze des Turms?

Auf ihr Bitten hin war Winnie nach unten gegangen. Sie hatte Lita versprechen müssen, den Ausgang zu bewachen und jeder Weberin Bescheid zu sagen, dass sie die Augen offen halten sollte.

Noch immer konnte Lita nicht glauben, dass die Weberinnen keine Schutzmaßnahmen gegen Eindringlinge von außen hatten. Keinen Alarm, keine Wachen, keinen Notfallplan. Anscheinend waren sie der Meinung, niemand hätte Interesse an ihnen oder den Fäden. Wie dumm konnte man sein! Sie waren die Wächter des Wertvollsten auf der Welt: dem Schicksal der Menschen!

Vor Wut und Anstrengung biss Lita die Zähne zusammen und sprintete weiter, zwei Stufen auf einmal nehmend. Ihr Kiefer schmerzte von dem Knebel, den ihr dieser Einbrecher verpasst hatte, bevor er sie wie ein verloren gegangenes Päckchen in den Baum gehängt hatte.

Wie lange hatte sie dort hilflos gebaumelt, bis Winnie sie befreit hatte?

*Definitiv zu lange!* Wer weiß, was der Kerl inzwischen angestellt hatte. Und wenn er es auf einen Faden abgesehen hatte? Vielleicht war er ein Auftragskiller! Wer auch immer der Kerl war, er wollte sicher keine Scones aus der Küche probieren.

Lita stolperte und knallte auf eine Stufe. Schmerz zuckte durch ihr Knie. Sie kam auf die Füße und rannte weiter. So viele Gedanken rasten ihr durch den Kopf, da war kein Platz für den Schmerz eines aufgeschlagenen Knies.

*Wieso passiert das alles ausgerechnet jetzt?* Noch nie war eine Weberin entführt worden. *Aber Mum ist von einer Lichtexplosion eingesogen worden.* Gekidnappt von einem Unsterblichen. Und auch noch ausgerechnet die einzige Weberin, die jemals ihren Kontakt zur Familie komplett gekappt hat. Außerdem war es laut Winnie unmöglich, dass ein Fremder in den Turm gelangte. Doch diesem Typen war es gelungen. Er hatte sich wie eine Weberin gekleidet. Sich als Tegan maskiert, mit ihrem lila Lippenstift und der gefärbten Haarsträhne. *Hat er damit den Spiegel am Zugang täuschen können?*

Jeder Muskel in Litas Körper zitterte vor Erschöpfung, als sie endlich in Elaines Loft stürmte.

»E-laine?« Sie hatte kaum Luft zu sprechen. Ihr Herz hämmerte panisch und der lichtdurchflutete Raum verschwamm vor ihren Augen. Sie rang nach Atem. »Elaine?«, rief sie erneut.

Doch da war nur Stille.

Lita schloss die Augen. Wo war ihre Großmutter? Winnie war sich sicher gewesen, dass sie hier oben sein musste. Erschöpft humpelte sie zur Küche hinüber. Die Wunde brannte unter dem Stoff der Hose.

Sie durfte nicht noch mehr Zeit verlieren. Der Typ musste gefasst, Hanna gefunden werden. Das Gefühl, dass irgendetwas Übles auf die Weberinnen zurollte, krallte sich an ihr fest und trieb sie an.

Ratlos sah sich Lita in Elaines Küche um. Der Teekessel stand neben dem Spülbecken zusammen mit dem Netz, in dem Teeblätter feucht glänzten. Hatte sie sich gerade einen Tee aufgebrüht?

Auf dem Herd stand ein altmodischer Kupferkessel. Sie warf einen Blick hinein und zog sogleich angewidert die Nase kraus.

»Was wird das denn?«

Ein gummiartiger Klumpen lag darin und müffelte verbrannt. Auf der Arbeitsfläche stand ein voller Flakon und ein nasses Tuch lag daneben. Offenbar hatte Elaine das, was sie in dem Topf gekocht hatte, durch das Tuch gefiltert und in den Flakon gefüllt.

Lita nahm das Fläschchen hoch und hielt es gegen das Licht. Es funkelte wie Bernstein. Ob es magisch war? Kurz war sie versucht, es zu öffnen und daran zu riechen. Nein, das war keine gute Idee. Was immer Elaine da zusammengebraut hatte, es war sicher kein Gesundheitstee. Sie stellte es zurück und musterte nachdenklich die Küche. Es war so ordentlich bei Elaine, dass Lita es seltsam fand, dass Elaine die Küche nicht aufgeräumt hatte, bevor sie weggegangen war.

*Und wenn sie nicht freiwillig weggegangen ist?*, schoss es

Lita durch den Kopf. Hatte der Fremde etwa auch Elaine entführt? Panik überkam sie.

»Elaine!« Hastig humpelte Lita aus der Küche. Sie lief zu dem Paravent, der Küche und Wohnraum vom Schlafzimmer abtrennte.

Der Raum dahinter war schmal und nur mit dem Nötigsten ausgestattet. Keine Bilder oder Fotos an den Wänden, keine bunten Kissen oder eine gemusterte Tagesdecke. Elaine liebte anscheinend einfarbiges Graugrün.

Ihr Futonbett war unberührt. Auf dem Nachttisch lag ein Buch mit Lesezeichen. Nervosität knüllte sich in Litas Magen zusammen. Etwas stimmte nicht. Absolut nicht.

Sie wusste nicht mal ansatzweise alles über die Welt der Weberinnen, Unsterblichen und Kami, aber sie hatte genug Menschenkenntnis, um zu spüren, dass Elaine niemals den Turm verlassen hätte, ohne die Küche aufzuräumen. Hier lag noch nicht mal eine vergessene Socke herum!

Vom Schlafzimmer führte eine Tür in ein Badezimmer und eine zu einem begehbaren Kleiderschrank auf der gegenüberliegenden Seite des Raums. Als sie durch den Durchgang trat, sah sie, dass es keine Kleiderkammer war, sondern ein Teppichlager. »Das ist ein Archiv mit Prophezeiungen!«, murmelte sie fasziniert.

Ein langer Tisch füllte den Raum, auf dem ein Teppich ausgebreitet war. Regale führten die Wände entlang, in denen sich aufgerollte Teppiche stapelten. Nur die rechte Wand wurde von einem aufwendig bestickten Wandbehang geschmückt.

Aus ihrer Umhängetasche fischte Lita die Brille heraus, die sie von Luana erhalten hatte. Vielleicht konnte sie auf dem Teppich, der auf dem Tisch lag, einen Hinweis auf Elaine und ihre Mutter finden. Beim Speakers' Corner war es ihr trotz der Brille nicht gelungen, das Schicksal der Passanten in den Fäden zu lesen. Sie hatte nur die farbigen Lichtfäden schimmern sehen. Doch vielleicht klappte es mit einem Teppich besser? Nervös klemmte sie sich die Brille auf die Nase. Das Gestell drückte und sie hatte das Gefühl, dass die Brille jeden Moment runterfallen würde. Deshalb hielt sie sie lieber mit einer Hand fest, als sie sich über den Teppich beugte.

Stirnrunzelnd musterte sie das Gewebe. Alle Fäden waren grau. Lita zog die Brille ab und trat einen Schritt zurück. Der Teppich wirkte, als sei er aus den unterschiedlichsten farbenfrohen Garnen gewebt. Sollte die Brille die Fäden nicht deutlicher machen, statt sie in grauen Matsch zu verwandeln?

Erneut setzte sie die Brille auf und betrachtete den Teppich aus der Nähe. Grau. Ungläubig streckte sie die Finger aus und strich über die Fäden. Sie fühlten sich an wie Holz. Wie eine Tischplatte ...

»Ich kann die Fäden nicht berühren!« Natürlich. Auch im Weltenraum waren ihre Finger durch die Fäden hindurchgeglitten. Denn ihre Mutter hatte, aus welchen Gründen auch immer, Litas angeborene Weberinnenfähigkeit durch einen Zauber blockiert. Aber – wo war der Trank von Elaine, um diesen Bann zu lösen? Hastig suchte sie in ihrer Tasche und zog das Fläschchen hervor. Es ähnelte dem in der Küche. Nur dass der Inhalt hell und klar war.

Unsicher betrachtete Lita den Trank. Sollte sie ihn wirklich trinken? Noch immer war sie fest davon überzeugt, dass ihre Mutter sehr gute Gründe gehabt hatte, die Fähigkeiten zu blockieren. Bis gestern war sie noch der Meinung gewesen, dass von den Weberinnen eine Gefahr ausging. Doch inzwischen war sie sich nicht mehr sicher. Ihre Mum war mit ihr geflohen, weil Elaine Litas Vater nicht gerettet hatte. Vermutlich waren es Hannas Trauer und Wut auf das Schicksal, weswegen sie aus dem Turm und vor ihrer Bestimmung geflohen war.

Wie harmloses Wasser glitzerte die Flüssigkeit in dem Fläschchen. Wenn Mum das alles nur aus Wut und Enttäuschung getan hatte, dann ... dann konnte sie doch einfach den Bann lösen. Was konnte passieren? Außer dass sie vielleicht einen Hinweis auf Hannas Entführer fand?

Tränen stiegen in Lita auf.

Noch nie in ihrem Leben hatte sie sich so allein gefühlt. So völlig verloren und hilflos. Sollte sie auf Hanna hören und weiterhin die Weberinnen von sich fernhalten? Oder sollte sie, wie Elaine es ihr anbot, Teil der Familie werden, zu der sie schon immer gehört hatte?

Vorsichtig entkorkte Lita das Fläschchen.

Sollte ihre Mum über ihr Leben bestimmen? Sie hatte ihr so viel verboten, für das Litas Herz schlug. Das war unfair gewesen. Lita spürte, dass sie eine Verbindung zu dem Baum hatte. Dass sie Teil dieser Gemeinschaft war und sein wollte.

Mum würde wahrscheinlich ausrasten, wenn sie erfuhr, dass Lita den Bann gelöst hatte.

»Aber wie soll sie je davon erfahren, wenn ich sie nicht finden kann? Nicht ohne meine eigentlichen Fähigkeiten«, murmelte Lita und hob die Flasche an ihre Lippen.

*Ich muss sehen, was die Weberinnen sehen!*
Ihr Herzschlag wummerte laut in ihren Ohren, als sie an dem Trank schnupperte. Er roch nach nichts. Absolut ungefährlich. »Es tut mir leid, Mum«, flüsterte Lita.

Entschlossen setzte Lita das Fläschchen an die Lippen und trank es in einem Zug aus.

# 3
# RUKAR

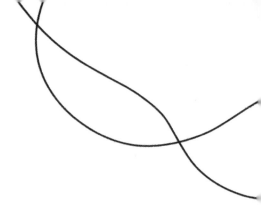

Je weiter Rukar in den Tunnel hineinging, umso heißer wurde es. Schweiß rann ihm in die Augen und brannte. Er sollte einen Zuschlag verlangen. Es war einfacher, ein Dunkelwesen auszutricksen, als etwas aus dem Turm der Weberinnen zu klauen.

Unerbittlich surrten die Leinen mit den Fadenenden auf die Feuerglut zu.

Er hielt es nicht mehr aus und riss sich Tegans Pullover vom Leib. Bei dem Tempo, mit dem die Leinen die Totenfäden zum Feuer transportierten, kam er vermutlich zu spät. Hastig kramte er die Brille aus Tegans Mantel, den er zwar ausgezogen, aber mitgeschleppt hatte. Auch den Mantel ließ er auf dem Boden zurück und schob sich noch näher an die Flammen heran.

Der Tunnel endete an einer lang gestreckten Grube, die über die ganze Breite des Tunnels reichte und in der ein gigantisches Feuer loderte. Die Flammen reichten bis zur niedrigen, gewölbten Decke, die von Ruß schwarz gefärbt war. Direkt über den tanzenden Flammen wurden die Schicksalsfäden an den Leinen darüber geführt. Das Feuer verbrannte die Fäden, die Leinen hingegen waren feuerfest und wurden über Rollen am Ende der Grube zurück nach vorne gelenkt, um neue Totenfäden aufzunehmen.

Rukar musste seinen Arm schützend vor die Augen halten. Er hatte das Gefühl, dass allein die Hitze der Luft seine Augenbrauen versengte. Die seltsame Brille rutschte immer wieder von seiner Nase. Also hielt er sie sich vor die Augen und betrachtete die Fäden. Hier, so nah am Feuer, waren die Fäden wie ausgedörrt. Die Erinnerungen der Menschen an das, was sie im Augenblick ihres Todes gesehen hatten, wirkte ausgeblichen und brüchig.

*Was, wenn der Faden schon vom Feuer verschlungen ist?*

Wie sollte er herausfinden, welcher Tag, welche Stunde gerade vor ihm auf der Leine baumelte und sich unaufhaltsam auf das Feuer zubewegte?

Seine Augen brannten von der Hitze. Er biss die Zähne zusammen und begann, die Fäden systematisch durch die Brille zu betrachten. Verschwommene Bilder, Menschen, die sich zu ihm hinunterbeugten, Krankenschwestern, Angehörige, flimmerten auf den Fäden wie ruckelige Videoclips. Manchmal hektisch gestikulierende Ärzte. Aber auch vorbeiziehende Landschaften, der Blick auf einen Fernseher oder ein lecker aussehendes Dinner.

Wieder rückten die Leinen um einige Zentimeter weiter. Verdammt! Die Fäden über den Flammen zischten auf, kräuselten sich wie Haare an einer Kerzenflamme.

*So ein* – fluchend trat Rukar an die Kante der Grube. Eine Flamme versuchte, nach ihm zu greifen. Rukar fror die Zeit ein, streckte sich und rupfte so viele Fäden, wie er erwischen konnte, von den Leinen.

Er sprang zurück, ließ die Zeit weiterlaufen und durchwühlte die Fäden. Ein Blick durch die Brille zeigte ihm einen Autounfall, einen Hundeangriff, eine Krankenschwester, einen alten Mann, der einen Abschiedskuss gibt, Misano, ein Fahrrad – Halt!

Die Fäden klebten an seinen Fingern und fast hätte er den Faden aus den Augen verloren, doch er bekam ihn zu fassen und zupfte ihn aus dem Haufen heraus. Durch die Brille betrachtete er das kurze Stück. Wie eine Projektion schwebte ein bewegtes Bild über dem Faden: Zaras letzter Blick in Misanos Gesicht.

Rukar schluckte, als er mit Zara in die Augen des Unsterblichen blickte. Schnell nahm er die Brille ab. In Misanos Augen spiegelte sich so tiefe Liebe und verzweifelter Schmerz, dass er sich wie ein Voyeur vorkam.

Sorgfältig verstaute Rukar den Faden in einem kleinen, mit Samt bezogenen Schächtelchen. Die anderen Fäden ließ er in die Flammen fallen.

Auftrag ausgeführt.

Erleichtert atmete er durch und wurde sofort von einem beißenden trockenen Husten geschüttelt.

*Nichts wie raus hier!* Er sammelte auf dem Rückweg Tegans Sachen auf und rannte zum Ausgang. Die Hose scheuerte und klebte an seiner Haut. Doch Rukar konzentrierte sich nur auf seine unmittelbare Zukunft: frische Luft, eine Dusche und einen Iced Coffee.

# 4
# LITA

Das leere Fläschchen fiel klirrend zu Boden. Lita rang nach Atem. Der Trank rann wie Lava durch ihren Hals. Einer Feuerwalze gleich, breitete sich die Flüssigkeit in ihr aus. Lita stützte sich auf den Tisch.

Fühlte sich so Sterben an?

Flammen explodierten in ihrem Magen, zischten die Adern entlang bis in die Fingerspitzen. Ihre Beine knickten ein und sie sackte zusammen. Schwer atmend kauerte sie auf dem Boden. Das Feuer in ihr hatte ihr Tränen in die Augen getrieben. Alles in Lita war Schmerz. Sie bekam kaum noch Luft. Der Raum verdunkelte sich und sie war überzeugt, jeden Augenblick das Bewusstsein zu verlieren.

Doch so schnell, wie das Feuer durch ihren Körper geschossen war, verpuffte es.

Lita rang nach Atem. Für einen Moment blieb sie zusammengekauert auf dem Boden, bis sie spürte, dass die Attacke vorüber war. Langsam bewegte sie sich. Die Dunkelheit zog sich zurück und sie sah wieder klar. Das Gefühl, glühende Asche eingeatmet zu haben, erlosch.

Unsicher blickte sie auf den Teppich. Hatte er sich verändert? Auf den ersten Blick sah er genau gleich aus.

Die Brille lag noch auf dem Tisch. Zögernd drückte Lita sie sich auf die Nase.

Das Grau war verschwunden! Der Teppich erstrahlte in bunten Farben. Fasziniert strich Lita mit den Fingern über das Garn. Es fühlte sich zart und weich an, an anderen Stellen rau.

Verblüfft schob sie sich die Brille von der Nase, nur um sie sofort wieder aufzusetzen. Durch die Gläser war es, als blicke sie tief in die Struktur der Webfäden. Und darin sah sie Bilder. Kleine Videoschnipsel. Nein, keine Videos natürlich. Eher Erinnerungen, unscharf an den Rändern. Die Personen oft nur als Schemen. Dann wieder nah und absolut scharf.

Fasziniert glitt Litas Blick die Fäden entlang. Das war London im Sommer. Zwei Menschen: ein Mann und eine Frau.

Entsetzt zuckte Lita zurück. Die Frau hatte sie angesehen und Lita hatte ihr Gesicht erkannt.

Plötzlich fühlte Lita sich wie ein Kind, das verbotenerweise in Mamas Sachen wühlt. Intuitiv blickte sie sich um. Doch sie war allein in diesem Raum. Nur Regale voller Teppiche und der riesige Wandbehang, der eine Seite des Raums verdeckte.

Sie rückte die Brille zurecht und beugte sich erneut über die Stelle im Teppich, die sie so erschreckt hatte. Die Szene wiederholte sich. Die Frau drehte sich lachend um. Ihr Gesicht war ganz nah und Lita erkannte sie deutlich: Hanna! Ihre Mutter. Doch sie war jung. Verdammt jung!

War dies also eine Prophezeiung, die sich erfüllt hatte? Aber warum hatte Elaine ausgerechnet diesen Teppich hier liegen? Hatte sie nach Hinweisen auf die Entführung gesucht? Konnte sie in einem Teppich Hannas Schicksal sehen, jedoch nicht auf Hannas Faden?

Litas Kehle fühlte sich staubtrocken an. Sie musste weiterlesen. Stand hier, was passiert war? Warum Hanna den Turm verlassen hatte?

Hastig suchte sie erneut die Stelle, an der Hanna lachte. Sie wirkte so ausgelassen und unbeschwert. Lita folgte dem Faden mit den Fingern. Da war ein Mann. Hanna küsste ihn, lief mit ihm Hand in Hand. War das Litas Vater? Hanna hatte keine Bilder von ihm. Sie hatte ihr auch nur wenig von ihm erzählt. Der Mann im Teppich sah gut aus, auch wenn er seltsame karierte Hemden trug.

Lita war erst in der Primary School klar geworden, dass normale Familien Fotos ihrer Angehörigen haben. An den Wänden, bei Altären oder in Fotoalben. Doch weder von ihrem Vater noch von Elaine gab es Bilder. Schließlich hatte Lita für sich akzeptiert, dass Hanna es schlicht nicht ertrug, an ihn erinnert zu werden. Der Schmerz über seinen Verlust war zu groß. Jetzt wusste sie, dass der Tod ihres Vaters Hanna doppelt verletzt hatte. Denn Elaine hatte es gewusst und es nicht verhindert.

Diese Bilder hier, die erzählten von purem Glück. Noch nie hatte Lita ihre Mutter so strahlen sehen. Sie beugte sich näher an die Webfäden. Die Bilder wirkten wie aus einem Dokumentarfilm. Mal waren sie unscharf, dann zeigten sie Hanna ganz nah und verwackelt.

Jetzt erkannte Lita einen Picknickkorb. Der Mann stieg in ein Auto. Zusammen sangen sie albern, während sie dahinfuhren – Schwarz.

Lita runzelte die Stirn und fuhr den Faden mit dem Finger ein Stück zurück. Hanna und der Mann sangen. Cut. Schwarz. Stille.

Verwirrt tastete Lita den Faden ab und lüpfte die Brille. Wo lief der Faden weiter? Der Teppich endete erst in ein paar Zentimetern. Noch einmal besah sie sich die Szene: Sie steigen ins Auto. Die beiden singend. Cut. Wieso endete das Bild?

Mit einem Finger markierte sie die Stelle, an der das Bild abbrach, und legte die Brille beiseite. Ihre Nasenspitze berührte fast das Gewebe, als sie sich den Faden genau ansah. Er schimmerte goldgelb, tauchte unterm Kettfaden auf und ... Er war abgeschnitten!

Verwirrt fuhr sie über das glatte Ende. Ein Faden musste vernäht werden. Das Gewebe würde sich lockern und auseinandergehen, wenn man das nicht ordentlich machte. Man konnte nicht einfach einen Faden mitten im Gewebe abschneiden!

Stimmen murmelten.

Lita hob den Teppich an und untersuchte die Rückseite. Eigentlich waren die Fäden alle ordentlich verarbeitet. Nur dieser eine – er war nicht vernäht worden.

Die Stimmen stritten.

Lita legte den Teppich zurück und lauschte. Kamen die Stimmen aus den Fäden? Sie schob sich erneut die Brille auf die Nase. Die lachende Hanna. Das Auto. Flackernde Bilder ohne Ton.

Etwas rumpelte.

Sie drehte sich langsam um, nahm die Brille ab und lauschte. Vorsichtig ging sie zum Durchgang und spähte in Elaines Schlafzimmer. Niemand zu sehen.

Wieder drangen gedämpfte Stimmen an ihr Ohr. Sie stritten. Doch Lita konnte die Worte nicht verstehen. Und ... angestrengt lauschte sie, versuchte herauszufinden, woher sie kamen.

Leise trat sie zurück in den Teppichraum und schlich die Regale entlang. Gab es einen Teppich, der sprach? Vorsichtig legte sie ein Ohr an eine der Rollen. Nein. Die Stimmen drangen nicht aus den Stoffrollen.

Ihr Blick wanderte zu dem großen Wandteppich, der eine Wand komplett verdeckte. Sie ging darauf zu, nahm die Brille und betrachtete ihn.

Dunkelheit, Lichtblitze, Wolkenstürme, Hände, die Tonfigürchen formten. Was war das für eine Prophezeiung? Die Erschaffung der Welt?

»Das kannst du nicht tun!«, schrie jemand ganz nah neben ihr. Lita zuckte zusammen. Die Stimme! Ohne jeden Zweifel!

»Mum?« Sie konnte nur flüstern.

Ihr Herz begann zu rasen. Noch einmal musterte sie den Wandbehang. Dunkelheit. Licht ... Die Geschichte, die er erzählte ... »Der Ursprung!«, stieß sie hervor. Die Entstehung der Welt! Hatte Jin etwa davon gesprochen? Wieso hatte er das gewusst ...?

Lita riss den Teppich zur Seite und starrte auf eine Tür. Sie stand einen Spalt offen. Eine schmale Teppichrolle lag auf dem Boden und blockierte die Tür. Ohne zu zögern oder auch nur einen Gedanken an das Wie und Warum zu verschwenden, stürmte Lita in das Zimmer.

»Lita!« Voller Entsetzen starrte Hanna sie an.

Elaine entglitt die Teetasse, sie zerscherbte.

# 5
# TEGAN

Tegans Kopf schmerzte. Mühsam blinzelte sie und ihr Blick fokussierte einen Spiegel über ihr. Der zeigte eine Tegan, die, mit Leggins und T-Shirt bekleidet, auf einem gemachten Bett lag.

Sie schloss die Augen wieder.

*Weshalb hängt ein Spiegel über meinem Bett?*, fragte sie sich. *Und wieso ist mein Bett plötzlich Kingsize?*

Sie drehte sich zur Seite, was eine heftige Schmerzwelle durch ihren Kopf jagte, und wagte einen zweiten Blick. Rote Vorhänge vor einem Fenster sperrten die Sonne aus. Eine schäbige Lampe auf dem Fußboden, abgedeckt mit einem roten Tuch, tauchte den Raum in schummriges Licht.

*Nicht mein Zimmer*, stellte sie fest. Aber wie war sie hierhergekommen?

Als sie sich aufsetzte, drückte der Schmerz, einem Tsunami gleich, an ihre Schläfen. Stöhnend schloss sie erneut die Augen. Hatte sie einen Kater?

Sie trank doch gar keinen Alkohol!

Sie war in einem fremden Zimmer, mit Spiegel an der Decke und roten Lampen! Sie sprang auf, musste sich jedoch sofort an der Lehne des Sessels festhalten, um nicht umzukippen. Alles drehte sich. Bemüht, ruhig zu bleiben und gleichmäßig zu atmen, verharrte sie, bis der Boden unter ihren Füßen wieder stabil war.

Erinnerungsfetzen tauchten vor ihrem inneren Auge auf: der Typ mit den verwuschelten Haaren und dieser freakigen Marinejacke. Er hatte sie angebaggert und ihr ein Flugticket geschenkt. Ihr wurde übel.

Dieses Halbblut! Der Pub! Er hatte ihr einen Kaffee ausgegeben.

»Der Scheißkerl hat mich ausgeknockt!« Zitternd setzte Tegan sich auf den Sessel, über dem ihre Klamotten hingen. Verunsichert musterte sie ihren Körper. Sie trug ihr T-Shirt und die Leggins.

Sie fühlte sich ... normal. Abgesehen von dem Dröhnen in ihrem Kopf. Und sie erinnerte sich ... an nichts. Sie hatte noch das Bild der Kaffeetasse vor Augen. Und sein Lächeln. Seine Komplimente. Er hatte sich als Rukar vorgestellt.

Sie erinnerte sich, dass sie ihn bei Westminster zunächst ausgetrickst hatte, aber vor der U-Bahn-Station hatte er sie dann doch abgefangen.

Sie zog die Tasche zu sich, die ordentlich neben ihren Stiefeln am Bett stand. Hatte er ihr die Schuhe ausgezogen? Und den Pullover?

Noch immer zitternd, durchwühlte sie ihre Tasche. Das Flugticket nach Michigan war dort, wo sie es hingesteckt hatte. Er hatte es ihr im Tausch gegen ein gemeinsames Kaffeetrinken geschenkt. Sie betrachtete es nachdenklich. Natürlich hatte sie es nicht annehmen wollen. Aber ... wenn sie für Jackson die Weberinnen verließ, brauchte sie es. Weberinnen besaßen kein Geld. Wie hätte sie jemals ein Ticket kaufen sollen?

Woher hatte dieser Rukar von Jackson und Michigan gewusst? Tegan wusste noch, dass sie versucht hatte, den Kerl auszuhorchen. Doch sie beschlich das Gefühl, dass es eher andersherum gewesen war. Allerdings konnte sie sich kaum an seine Fragen erinnern. Sie hatten nicht lange dort gesessen. Nur für einen Kaffee, da war sie sich sicher.

So sicher, wie sie wusste, dass er ein Halbblut war. Allerdings hatte sie seinen Faden nicht sehen können. Wenn die Linie des Unsterblichen stark genug war, war es jedoch möglich, dass er die Unsterblichkeit geerbt hatte. Und damit hatte er keinen Faden, an den ja nicht nur das Schicksal, sondern auch das Leben gebunden war.

*Quatsch!* Wütend über sich selbst schleuderte sie ihre Tasche aufs Bett. Der Kerl war auf keinen Fall unsterblich!

»Sein Schicksal ist mit deinem verbunden, du blöde Gans!« Kein Wunder, dass sie seinen Faden nicht sehen konnte! Er hatte sie betäubt und in eine Absteige verschleppt!

»Fuck you, Schicksal!«, brüllte sie zur Zimmerdecke hoch. Sie versuchte, ihr panisch hämmerndes Herz zu beruhigen. Abgesehen von den Kopfschmerzen fühlte sie sich normal. Es war ihr vorherbestimmt gewesen, diesem Idioten auf den Leim zu gehen. Dagegen hätte sie nichts tun können. Irgendwann wäre sie so oder so hier aufgewacht.

Wut kochte in ihr hoch.

Sie hasste das Schicksal. Es ließ niemandem eine Wahl.

Ihr Blick wanderte durch das Zimmer. Nichts lag herum.

Keine Gläser oder andere Spuren, dass hier irgendeine Party stattgefunden hatte. Selbst das Bett war unberührt ... Na ja, man sah, dass jemand darin geschlafen hatte, doch die Überdecke lag noch darauf.

»Wieso hat er mir K.-o.-Tropfen gegeben?« Sie war sich sicher, dass er ihr nichts getan hatte. Ihr Körper war heil und unversehrt. Selbst die Kopfschmerzen ließen langsam nach.

Noch immer etwas wackelig, stand sie vom Sessel auf. Ihr Mantel und Pulli hingen über der Lehne. Als sie den Pullover hochnahm, verzog sie das Gesicht. Er fühlte sich feucht an. Und er stank. Nach Schweiß und Qualm. »Das ist ja widerlich!« Sie hielt ihn naserümpfend von sich und warf ihn schließlich zur Tasche aufs Bett. »Was hat der Kerl damit angestellt?«

Tegan nahm den Mantel und schnupperte vorsichtig daran. Er roch ebenfalls nach Feuer. Doch er war nicht ganz so durchgeschwitzt. Allerdings klaffte ein heftiger Riss am Saum.

»Du Mistkerl hast mich betäubt, um meine Sachen zu tragen und damit auf 'nen Rave zu gehen?« Das war doch bescheuert.

Nachdenklich stopfte Tegan den Pulli in ihre Tasche und schlüpfte, leicht angeekelt, in den Mantel.

Bevor sie das Zimmer verließ, kontrollierte sie die Manteltaschen. Die Brille, die Schere ... Tegan erstarrte. Wo war der Spiegel? Hektisch tastete sie die Tasche ab. Den Spiegel trug sie *immer* in der rechten Tasche – doch ... er war in der linken. Ihr fiel ein Stein vom Herzen, aber ... dieses Halbblut hatte nicht nur ihre Sachen angezogen. Er hatte ebenfalls den Spiegel – ja, was? Benutzt wohl kaum. Nur eine Weberin konnte damit den Turm betreten.

Sauer knallte sie Tür zu und polterte die steile Treppe ins Erdgeschoss hinunter. Wenn sie ihn zu fassen bekam! *Rukar wird sich wünschen, mich niemals getroffen zu haben!*

Eine Frau im Morgenmantel spähte aus einem Zimmer und warf ihr einen missbilligenden Blick zu.

Eigentlich wollte Tegan nur raus aus dieser Absteige, doch vielleicht wusste die Frau etwas.

»Der – mein – ähm – Freund.«

Ein hämisches Grinsen entblößte die braunen Zähne der Frau. »Heißt das neuerdings so?«

Röte schoss Tegan ins Gesicht. Auch dafür würde sie Rukar bezahlen lassen! »Wissen Sie, wo er hin ist?«

»Oh, Schätzchen. Kein Abschiedsbrief?« Ihr Lachen klang, als hätte sie eine Lungenentzündung.

»Lassen Sie das!«, schnauzte Tegan sie an. »Wo finde ich den Scheißkerl?«

»Versuchs im Kami-Viertel.« Mit dem Fuß verpasste die Frau der Tür einen Tritt, sodass sie Tegan vor der Nase zuschlug.

# 6
# ELAINE

Für einen winzigen Augenblick schloss Elaine die Augen. Sie hörte Lita schluchzen und Hanna weinen. Lita vor Glück und Erleichterung, dass sie ihre Mutter wiederhatte. Hanna aus Verzweiflung, denn sie kannte die Zukunft. Elaine hatte Hanna gesagt, was geschehen würde. Hatte versucht, sich zu entschuldigen, auf Verständnis gehofft, auf Vergebung.

Sie vermied es, die beiden anzusehen. Zu gerne hätte sie Hannas Bitten entsprochen.

*Das Kind hätte Hanna niemals finden dürfen!* Elaine starrte auf die zerbrochene Tasse zu ihren Füßen, während sich der Tee auf dem Boden zu einer Lache ausbreitete. Als Lita in das Geheimzimmer geplatzt war, hatte Elaine die Tasse vor Schreck fallen lassen. Nun konnte sie sie nicht mehr kitten. Ihr Leben glich der Tasse. Lita war nie Teil ihres Plans gewesen. Das Mädchen war zur falschen Zeit am falschen Ort gewesen.

»Was tust du hier! Was tust du hier!«, wisperte Hanna immer und immer wieder und drückte ihre Tochter an sich.

Elaine versuchte, die Gefühlsleere in sich aufrechtzuerhalten. Sie wollte diesen unerbittlichen Schmerz, der

Hanna gerade heimsuchte, selbst nie mehr fühlen. Den Tod des eigenen Kindes würde sie nicht noch einmal aushalten müssen. Deshalb wartete da draußen, in der Küche, der Trank des Vergessens auf sie.

»Mum, was tust *du* hier?« Lita löste sich von ihrer Mutter und wischte ihre Tränen der Erleichterung fort. »Du hast mich belogen! Über *das alles* hier! Hast du – hat *sie* dich entführt? Warst du die ganze Zeit hier?« Litas Stimme zitterte vor Aufregung.

»Bitte setz dich«, meinte Hanna und schob Lita einen Stuhl hin. Elaine bemerkte, wie ihre Tochter sie ansah, doch sie ignorierte Hannas Hilfe suchenden Blick.

Lita wich einen Schritt zurück. »Ich hab einen Unsterblichen aufgesucht, mich quer durch die Welt swipen lassen, nur um dich zu finden! Ich hab den Bann gelöst, um –«

»Du hast – was?!« Hannas Stimme kiekste vor Entsetzen. »Mutter! Was hast du getan? Wir hatten eine Abmachung!«, fuhr sie Elaine an. Hanna schlug auf den Tisch, sodass die Tasse klirrte, die noch unberührt neben dem Teller Muffins stand. »Du hast ihren Bann gelöst?«

*Als ob das nun noch eine Rolle spielt.* »Ich habe ihr nur die Möglichkeit dazu gegeben.« Als Lita sich überraschend im Turm aufhielt, hatte Elaine das Gefühl gehabt, sie sei es Lita schuldig, ihr das Leben zu zeigen, das sie hätte führen können – und wer sie hätte sein können, wenn ihr Schicksal ein anderes gewesen wäre. Doch es tat nichts mehr zur Sache. Elaine würde noch heute ihren Fehler wiedergutmachen und damit die Welt wieder ins Gleichgewicht bringen.

»Ich – ich dachte«, stotterte Lita, »ich würde dich ohne meine Weberinnenfähigkeiten nicht finden.«

Hanna presste die Lippen zusammen und schnaubte. Elaine wusste, dass sie ihr gerade Pest und Cholera an den Hals wünschte. Doch Elaine verzieh ihr. Hanna war eine Mutter. Genau wie sie selbst.

»Warum ist das so schrecklich? Mir geht es gut …« Lita sprach leise. Es war offensichtlich, wie schuldig sie sich fühlte, dass sie den Trank benutzt hatte.

Es wurde Zeit. Elaine konzentrierte sich auf ihre innere Mitte. Äon hatte ihr einen Ausweg offenbart. Sie konnte das Schicksal, die düstere Prophezeiung noch abwenden, wenn sie ihren Fehler, den sie vor siebzehn Jahren begangen hatte, ungeschehen machte.

»Du hast nie nach einem anderen Weg gesucht, nicht wahr?«, wandte sich Hanna wieder an Elaine. »All die Jahre war dir immer klar, dass du irgendwann uns beide auslöschen würdest. In der Hoffnung, dich wieder mit Äon auszusöhnen.«

Ihre Hand zitterte, als Elaine die Scherben vorsichtig vom Boden auflas und auf das Tablett legte. »Aussöhnen? Es geht hier um weit mehr als mich. Du weißt, dass ich dich nicht verlieren wollte. Doch niemand kann das Schicksal austricksen.« Sie sammelte all ihren verbliebenen Mut und sah Hanna an. Ihr Herz zog sich zusammen, aber Elaine reckte das Kinn vor. »Es war ein Fehler, dich in deiner Wohnung abzuholen, Hanna. Aber du hast sie ja wohlweislich nicht mehr verlassen. Du hast mir keine Wahl gelassen!«

»Eine Wahl?« Hanna lachte bitter. »Ich dachte, es hat

sowieso niemand eine Wahl. Offensichtlich nicht einmal die Oberste Weberin!«

»Ich hatte den Tag mit Bedacht gewählt. Lita hätte nicht in der Wohnung sein sollen. Warum warst du zu Hause?«, blaffte Elaine Lita an. »Samstag ist dein Freundinnentag!«

Lita war wie erstarrt. »Du – du weißt – und du hast ... Was heißt *auslöschen*?«

Elaine wandte den Blick ab. »Das heißt, dass endlich das eintreten wird, was schon vor langer Zeit hätte passieren müssen.«

»Ich dreh gleich durch!« Lita sah zwischen ihrer Mutter und Elaine hin und her. »Seid ihr alle komplett durchgeknallt? Es ist schon übel genug, dass du, Mum, mich all die Jahre belogen hast. Ich bemühe mich wirklich, zu verstehen, dass die Welt anders ist, als du es mich gelehrt hast. Aber meine Großmutter ist ebenfalls eine notorische Lügnerin? Wieso entführst du deine eigene Tochter? Was soll dieses *Auslöschen* bedeuten? Sind wir denn nicht schon ausgelöscht aus dem Weberinnendasein?«

»Ha!« Hanna lachte auf. »Siehst du! Lita ist so klug. Sie kennt den Orakelspruch nicht und hat dennoch die Lösung erkannt.«

Elaine schüttelte den Kopf. »Es tut mir leid, Hanna. Ich ... die Visionen. Äon warnt mich inzwischen jede Nacht. Ich muss meinen Fehler wiedergutmachen, der Preis ist zu hoch. Du weißt es!«

Hanna senkte den Blick. Bevor Lita hereingeplatzt war, hatte Elaine ihr bereits gesagt, dass Äon ihnen keine Zeit mehr ließ. »Ich denke immer noch, es gibt einen anderen Weg. Es muss ihn geben.«

Beide blickten unsicher zu Lita. Die verschränkte sauer die Arme. »Tacheles! Jetzt! Ich will endlich wissen, was hier gespielt wird!«

Elaine betrachtete ihre Enkelin. Sie war so jung. So voller Energie und Leben. Stand ihr nicht die Wahrheit zu? »Setz dich«, wies Elaine sie an, doch Lita reagierte nicht. Trotzig blieb sie stehen und sah Elaine herausfordernd an.

Elaine senkte den Blick. Vor wenigen Tagen hatte sie bereits im Weltenraum gestanden. Sie war weit in die Vergangenheit vorgedrungen und hatte Hannas Faden gefunden, doch ... Hanna war ihre Tochter. Ihre einzige Liebe, ihr Leben! Sie hatte vor siebzehn Jahren den Faden nicht kappen können und auch jetzt nicht. Nicht, ohne sich zu verabschieden. Nicht, ohne mit Hanna Frieden geschlossen zu haben. Deshalb hatte sie sie entführt. Sie hatte auf Vergebung gehofft.

Elaine versuchte durchzuatmen, sich zu beruhigen. Ihr Blick fiel auf den Teller mit den Blaubeermuffins, Hannas Lieblingssorte. Den Teller hatte sie Elaine geschenkt, als sie acht gewesen war. Hanna hatte ihn mit Blaubeerzweigen bemalt.

Genau deshalb wartete in der Küche der Vergessenstrank auf Elaine. Sie wusste, sie konnte nicht weiterleben in dem Wissen, ihr eigenes Kind ermordet zu haben. Ihre Tochter, die sie so sehr liebte wie nichts anderes auf der Welt. Für Hanna war sie bereit gewesen, das Schicksal zu hintergehen. Doch Äon hatte ihren Frevel mit dem Ende der Welt bestraft.

»Vor siebzehn Jahren«, Elaine räusperte sich, »habe ich den Willen von Äon missachtet. Das Orakel war unmissverständlich. Doch ich habe seine Prophezeiung verheimlicht, bis heute. Nur Hanna weiß davon. Ich habe Hannas Schicksal verändert, denn ich konnte den Gedanken nicht ertragen, meine Tochter zu verlieren. Aber niemand kann das Schicksal –«

»Ja, schon klar, das ist euer Lieblingsspruch. Den kann ich langsam auswendig«, unterbrach Lita sie aufgebracht. »Aber ich verstehe nur Bahnhof. *Was* hast du verändert?«

»Dein Vater und ich«, sagte Hanna. »Es gab einen schrecklichen Autounfall. Wir beide sollten sterben.«

Lita sah von Hanna zu Elaine. Ihre Augen waren vor Schreck geweitet. »Du hast den Unfall verhindert?«

»Nein. Zu viele Fäden kreuzten diesen Moment. Aber ich habe die Anweisung Äons, auch Hannas Faden zu kappen, nicht weitergegeben. Ich habe mich über seinen Willen hinweggesetzt. Jedoch hatte ich keine Ahnung –«

»Elaine wusste nicht, dass ich mit dir schwanger war«, beendete Hanna den Satz.

Lita ließ sich nun doch auf den Stuhl fallen. »Also ... Meine Mum ist ein Zombie? Und ich ... auch?«

Hanna lachte auf. »Nein. Wir leben. Allerdings ...«

Elaine schlug mit der Faust auf den Tisch, sodass Lita und Hanna zusammenzuckten. »Das führt zu nichts, Lita die Konsequenzen zu erklären. Ich werde tun, was Äon schon so lange von mir fordert.«

»Aber das ist siebzehn Jahre her«, sagte Lita. »Wie willst du –« Erschrocken sah sie von Elaine zu Hanna und wieder zu Elaine. »Du willst *uns* in der *Vergangenheit* auslöschen?«

»Versteh doch! Du bist im Weltengeflecht nicht vorgesehen, Lita. Du bist etwas, das nicht sein darf!« Elaine straffte die Schultern. »Äon ist gütig. Es liebt seine Schöpfung. Deshalb gibt es mir diese Chance, meinen Fehler ungeschehen zu machen. Denn wenn ihr beide nicht sterbt, wird die Welt dafür bezahlen müssen. Ihr stört das Gleichgewicht.«

»Elaine glaubt, der einzige Weg, die Welt zu retten und Äons Prophezeiung abzuwenden, ist, mich – und damit auch dich – bei dem Unfall sterben zu lassen. So, wie Äon es wollte.«

Elaine bemerkte, wie Lita mit den Tränen kämpfte, und ihr Herz zog sich zusammen. Warum hatte sie geglaubt, sich von Hanna verabschieden zu müssen? Nun fiel es ihr noch schwerer, ihren Faden zu kappen! Und sie hätte Lita nie mitnehmen dürfen! *So viele Fehler, Elaine!*

»Seit deiner Geburt, Lita, warnt mich Äon«, versuchte Elaine, sich vor sich selbst zu rechtfertigen. »Es schickt mir Visionen davon, was passieren wird, wenn ich nicht dafür sorge, dass alles wieder ins Gleichgewicht kommt.«

Lita war ihrer Mutter wie aus dem Gesicht geschnitten. Ihre Augen funkelten kämpferisch, das Kinn hatte sie trotzig vorgeschoben. Elaine musste sich abwenden. »In diesen Visionen sehe ich dich, Lita. Du berührst die Schicksalsfäden und – sie zerfallen. Die Welt liegt in Asche. Die Menschen vergehen zu Schatten. Du, Lita, bist das Ende der Welt.«

# 7
# TEGAN

Tegan berührte die Backsteine des Durchgangs zu Neal's Yard und trat durch den Schleier, der die Menschenwelt vom Kami-Viertel trennte.

Bisher war sie nur ein Mal hier gewesen, in ihrer Ausbildungszeit. Schon damals konnte sie den Geistwesen nichts abgewinnen und hatte ihre Aufgabe hastig erledigt. Auch jetzt wirkte die Gasse, die auf einen schmalen Platz innerhalb der Wohnhäuser führte, schmuddelig. Ruß tauchte die Wände in ein lichtloses Grau. Sowohl vor den Läden als auch an den kleinen hölzernen Erkern in den höheren Stockwerken flatterten Stoffe und Planen. Vielleicht um zu trocknen oder als Sonnensegel oder Sichtschutz?

Tegan mochte das Kami-Viertel nicht. Sie mochte die Kami nicht. Es fehlte ihr bei ihnen an Sauberkeit, an Grün und Frische. Egal, in welches Schaufenster sie blickte, sie sah nur Nippes, Nutzloses, Zerbrochenes, Altes, Verlorenes. Die Kami fristeten ein Leben zwischen den Welten. Sie beherrschen keine elementare Magie wie die Unsterblichen und wurden deshalb von diesen ignoriert. Und doch verfügten sie über Einfluss auf die Menschen. Sie konnten ihnen Hoffnung geben, ihren Willen stärken, Ideen und Glück schenken.

Als die Menschen noch an Götter geglaubt hatten, waren die Kami ebenfalls gut gestellt gewesen. Die Menschen hatten ihnen an Haus- und Straßenaltären Opfer gebracht und die Kami lebten in Wohlstand. Inzwischen huldigten die Menschen ihren Erfindungen. Nur noch wenige baten Kami um Hilfe. Auch die Unsterblichen waren von den Menschen vergessen worden und langweilten sich. Die Kami hingegen hatten sich auf den Handel mit magischen Hilfsmitteln, Talismanen und Heilkräutern spezialisiert. Hier in diesem Innenhof hatten sich die letzten Kami Londons zusammengefunden. Einige kümmerten sich noch immer um die Hilferufe der Menschen, die an den Straßen- und Hausaltären die Kami anriefen. Doch die meisten sammelten Zeug, um es zu verkaufen.

Das Wetter im Kami-Viertel entsprach dem Wetter Londons. Der Herbst hatte auch hier Einzug gehalten und kalter Wind strich um die Häuser. Ohne ihren Pullover fröstelte Tegan leicht. Sie zog den Mantel enger und steuerte auf den Pub zu. Ein geschnitztes Schild, das wohl einen Feuer speienden Drachen darstellen sollte, hing über der niedrigen Eingangstür. Die Front des Pubs war aus Holzfachwerk, dreckige Fensterscheiben zeigten gelbes Licht und Schemen, die sich dahinter bewegten.

Falls Rukar nicht sowieso Stammgast in der Kneipe war, würde sie hier mit Sicherheit alles über ihn erfahren. Kami sammelten nicht nur Dinge, sie sammelten auch Informationen.

Tegan holte tief Luft und zog den Kopf ein, da die Tür so niedrig war, und stellte sogleich fest, dass die Zimmerdecke kaum höher war.

Der Schankraum war spärlich gefüllt. Ein paar Gäste saßen am Tresen und kleine Grüppchen an vereinzelten Tischen. Dennoch roch die Luft abgestanden, nach Moder und kaltem Fett. Inzwischen musste es kurz vor Mittag sein. Aber dies war sicherlich kein Speiselokal.

Sämtliche Unterhaltungen erstarben und gut ein Dutzend Kami starrten sie an.

*Na, wundervoll.* Sie hatte auf weniger Aufmerksamkeit gehofft.

Um ihre Nervosität zu verbergen, marschierte Tegan geradewegs zum Tresen, hinter dem ein kleinwüchsiger Kami auf einem Schemel stand und Bier zapfte. Er musterte sie abweisend aus gold schimmernden Augen.

»Was sucht eine Weberin im *Roten Drachen?*«

»Ich suche ein Halbblut namens Rukar. Und ich bin mir sicher, jemand von euch kann mir etwas über ihn sagen.«

Noch immer herrschte angespanntes Schweigen. Ein paar Ewigkeitslichter baumelten von der Holzdecke, doch die Laternen waren derart verstaubt, dass nur wenig Licht hindurchdrang.

Einige Kami an den Tischen hatten gewürfelt oder über ihre Pints hinweg diskutiert. Nun aber waren alle Blicke auf sie gerichtet. Nervös stricht sie sich die lila Strähne hinters Ohr.

Nicht alle Kami behielten ihre menschliche Form, wenn sie im Kami-Viertel waren. So saß ein knorriger Baum zusammen mit einer hutzeligen Schildkröte bei einem Würfelspiel. Drei Männer, gedrungen wie Felsen und mit ebenso grauer Haut, hockten weit hinten in einer Eckbank. An dem Tisch gleich neben ihr saßen drei Kami.

Einer hatte etwas Katzenartiges an sich, obwohl er sich ein menschliches Aussehen gab. Seine Augen verrieten ihn. Dem Zweiten in der Runde gelang das Menschliche hervorragend. Auf der Straße hätte Tegan ihn niemals für einen Kami gehalten. Sein Haar schimmerte kupferfarben und er unterstrich die Farbe noch mit dem moosgrünen Samtsakko, das er trug. Er musterte Tegan aufmerksam. Neben ihm kauerte eine Frau. Sie verschwand fast unter ihrem grauen Poncho, der schon so zerschlissen war, dass er in Fetzen an ihr herabhing. Für einen Augenblick kam es Tegan vor, als bewegten sich die Fetzen wie Nebel über einem Moor.

»Kann mir einer von euch sagen, wo ich Rukar finde?«, sagte sie laut in die Runde.

Dumpfes Gemurmel erhob sich und verebbte jedoch sogleich. Schildkröte und Baum wandten sich ihrem Würfelspiel zu. Auch die Steinkami nahmen ihr Gespräch wieder auf. Immerhin wurde sie nun nicht mehr von allen angestarrt. Vermutlich war Rukar als Halbblut hier genauso wenig gern gesehen wie ein Unsterblicher. Denn die hatten in den letzten Jahrhunderten keine Gelegenheit ausgelassen, den Kami zu zeigen, dass sie in ihren Augen Unwürdige waren. Ein bisschen konnte Tegan das verstehen, da sie ebenfalls der Meinung war, dass Kami keinen Stolz hatten und die Anbetung der Menschen nicht wirklich verdienten.

Die Nebelfrau hatte sich erhoben. Ohne dass ihre Füße auf den Holzdielen ein Geräusch machten, kam sie auf Tegan zu. »Was willst du von ihm?« Ihre Stimme klang, als käme sie von weit her.

Kami waren freundliche Wesen. Sie waren die guten Geister der Menschen. Trotzdem fröstelte Tegan. Sie war sich nicht sicher, wie die Kami zu Weberinnen standen.

»Ich muss mit Rukar sprechen. Es ist dringend.« Tegan versuchte, selbstsicher zu klingen. In geduckter Haltung nicht ganz einfach, weil sie sich dadurch vor ihrem Gegenüber unweigerlich verneigte.

»Du bist eine Weberin. Was könntest du von einem wie Rukar wollen?«

Der Katzenkami und der Rotschopf beobachteten Tegan interessiert.

Das hatte sie sich einfacher vorgestellt. Sie hatte die Abneigung der Kami gegen Unsterbliche und damit auch gegen Halbblute unterschätzt. Und offensichtlich warfen die Kami Weberinnen in denselben Topf. »Lass das meine Sorge sein. Sag mir schlicht, wo ich ihn finde.«

Der Barmann hinter ihr knallte ein Glas auf den Tresen, sodass Tegan vor Schreck zusammenzuckte. »Bestellst du auch was?«, knurrte er sie an. Für seine geringe Körpergröße hatte er eine sehr tiefe, dröhnende Stimme.

Sie zögerte. »Nein.« So schnell würde sie in einem Pub nichts mehr trinken.

»Dann halt meine Gäste nicht vom Trinken ab.« Er fixierte sie mit seinem goldfunkelnden Blick und Tegan wandte sich hastig wieder der Nebelfrau zu.

»Wenn du in dein Unglück rennen willst«, sagte die und zuckte mit den Schultern. »Dann findest du ihn sicher bei seinem Vater.«

*In mein Unglück rennen? Ich steck doch schon bis zum Hals drin!* »Und wer ist sein Vater?«

Der Katzenmann lachte. »Hast du nicht in deinen Fäden nachgesehen?«

Tegan atmete durch. »Ich bin nicht hier, um euch Ärger zu machen. Ich suche nur Rukar.«

»Weil er *dir* Ärger gemacht hat«, sagte die Nebelfrau. Sie lächelte milde, doch ihre Stimme klang scharf.

Tegans Herzschlag stockte. War das so offensichtlich?

»Es ist Rukars Bestimmung, Ärger zu machen«, zischte die Frau. »Ich habe das zweite Gesicht. Äon hat nicht nur euch damit gestraft, die Zukunft zu kennen.«

Tegan trat einen Schritt zurück und stieß mit dem Rücken gegen den Tresen. Das zweite Gesicht? Eine Kami? Es gab Gerüchte ... Doch Elaine hatte immer versichert, dass nur sie allein von Äon die Zukunft gezeigt bekäme.

Die Nebelfrau kam Tegan näher, als ihr lieb war. Der Fetzenumhang verströmte eine feuchte Kühle, die ihr unangenehm unter die Haut kroch.

»Es braut sich etwas zusammen, Weberin. Rukar ist Teil davon. Asche wird über die Welt kommen!«

Tegan runzelte die Stirn. »Asche?« Wovon sprach diese Kami? Wollte sie ihr gerade weismachen, dass sie eine Prophezeiung erhalten hatte, von der die Weberinnen nichts wussten?

Der rothaarige Kami erhob sich und legte der Nebelfrau beruhigend die Hand auf die Schulter. »Setz dich doch wieder, Unke. Ich glaube, du machst der jungen Weberin Angst.«

»Jeder sollte Angst haben, Faine«, wandte sie sich ihm zu. »Die Welt zerfällt. Asche und Schatten sind alles, was bleibt.«

Widerwillig setzte sich Unke wieder auf ihren Stuhl, ließ Tegan aber nicht aus den Augen.

Tegan selbst war zu verwirrt, um sich davon einschüchtern zu lassen. Eine Vision des Weltuntergangs? Das war lächerlich. Offensichtlich war diese Kami verrückt. Äon sprach ausschließlich mit Elaine. Und Elaine hätte schon längst Alarm geschlagen, wenn die Welt enden sollte.

»Asche ist ein hervorragender Dünger.« Dieser Rothaarige, den die Nebelfrau Faine genannt hatte, lächelte Tegan an. »Aber das tut vermutlich nichts zur Sache.«

»Mich interessieren eure Märchen nicht. Ich suche nur Rukar.«

Verständnisvoll nickte Faine. »Vielleicht findest du ihn bei seinem Ziehvater Wook. Er hat den Zutatenladen, zwei Häuser weiter.«

»Vielen Dank.« Sie deutete eine Verbeugung an, wandte sich zum Gehen. Wenigstens gab es auch vernünftige Kami, die außerdem mit Umgangsformen gesegnet waren.

Sie hörte noch, wie Faine sich an Unke wandte. »Hör auf, die Leute zu verunsichern mit dieser Aschegeschichte!«

»Du bist mein Ende«, zischte Unke zurück und Tegan stieß die Tür auf.

Wehe, wenn Rukar nicht zu Hause war!

# 8
# LITA

*Du, Lita, bist das Ende der Welt.*
Lita blinzelte. Die einzige Lichtquelle in diesem geheimen Raum war eine funzelige Lampe unter der Decke. Sie tauchte die Szene in ein eigentümliches Licht und ließ sie noch surrealer erscheinen, als Lita sie sowieso schon empfand.

Ihr Blick glitt von Elaine zu Hanna. Während Elaine in sich zusammengesunken auf dem Stuhl saß und jeden Blickkontakt vermied, stand Hanna mit geballten Fäusten vor ihr. Wieso geriet die Welt nur derart aus den Fugen? Nichts war mehr, wie es zu sein hatte.

*Du, Lita, bist das Ende der Welt.*
Dieser Satz ergab doch überhaupt keinen Sinn. Nichts von all dem ergab einen Sinn!

»Bitte, Elaine!«, flüsterte Hanna. »Das Orakel ist nicht in Stein gemeißelt. Du betrachtest es aus dem falschen Blickwinkel! Was, wenn der Orakelspruch eine ganz andere Bedeutung hat?«

»Unsinn!«, fuhr Elaine sie an. »Die Prophezeiung wird nicht eintreten, sobald ich meinen Fehler aufhebe. *Das ist Äons Angebot. Das ist der einzige Weg.*« Ihre Stimme klang kalt und schneidend.

Wütend schrie Hanna auf. »Du bist eine starrköpfige alte Frau! Ich habe alles getan, um Lita so weit wie möglich von dem Orakelspruch zu entfernen! Hättest du sie nicht in den Turm gebracht und ihr nicht geholfen, den Bann zu brechen, *könnte* sich der Spruch gar nicht erfüllen!«

Elaine stand auf, blickte Hanna drohend an. »Ich bin die Oberste Weberin! Aber ich darf mein Leben und damit das meiner Tochter nicht über das Leben aller Menschen stellen! Ich muss Äon gehorchen!«

Hanna lachte freudlos auf. »Das fällt dir aber früh ...«

»Sekunde!«, rief Lita. Würden sich Elaine und Hanna gleich an die Gurgel springen? Sie stand auf und stellte sich zwischen die beiden. »Über welche Prophezeiung redet ihr die ganze Zeit? Und was hat das mit mir zu tun?«

*»Ohne Schicksal bringt die Welt zu Fall. Der Tod kommt zu den Lebenden. Leben ist Gift, es besiegelt das Schicksal. Aleph bringt das Ende. Die Zeit springt, denn was immer war, ist nicht mehr«*, rezitierte Hanna, als ob es ihr tägliches Mantra wäre.

Lita wurde klar, dass sie die Worte ebenfalls kannte. »Diesen Spruch hast du immer wieder im Schlaf gemurmelt!« Wie oft hatte Lita ihre Mutter Teile davon flüstern hören und es jedes Mal als Warnzeichen für ihre mentale Verfassung gehalten.

»Dieses Orakel hat Äon am Tag deiner Geburt verkündet«, erklärte Hanna.

Elaine gab ein unwilliges Schnaufen von sich.

»Okay«, meinte Lita unsicher. Deshalb dachte Elaine also, dass sie die Welt enden ließ? Wegen so einem Orakelspruch? »Und was meinen die anderen dazu? Der Turm ist voller Fachleute. Gibt es nicht eine extra Abteilung zur Deutung von so Wischiwaschigelaber?«

Ein wütender Blick von Elaine traf sie. »Achte auf deine Wortwahl! Es ist ein Orakel. Und in diesem Fall ist die Bedeutung eindeutig.«

Natürlich war Lita selbst erst seit vielleicht dreißig Minuten eine vollwertige Weberin, aber dass ein Orakel sehr viel Spielraum für die Deutung ließ, wussten sogar die Menschen. »Was soll daran eindeutig sein? *Ohne Schicksal?* Was ist das? Ein Unsterblicher?«

»Ha!« Hanna lachte triumphierend in Elaines Richtung.

Die schnaufte und ignorierte Hanna. »Äon sprach die Warnung an mich am Tag *deiner* Geburt aus. Es ist eindeutig. Du, Lita, bist *ohne Schicksal*.«

Für einen Moment war Lita zu verblüfft, um zu reagieren. »Weil Mum eigentlich tot ist?« Sie sagte das leichthin, fast amüsiert. Doch dann begriff sie. Winnie hatte ihren Faden nicht gesehen. Nicht, weil Winnie und sie miteinander verbunden waren. Nein. Sie *besaß* keinen Faden! »Ich war nicht auf der Liste!«, flüsterte sie. Ihr Blick huschte zu Hanna, die sie traurig ansah. »Du solltest bei dem Autounfall sterben und das ungeborene Kind mit dir«, murmelte Lita erschrocken.

Hanna nickte. »Ich bin wie ein Geist. Kein Faden wird meinen jemals mehr kreuzen, da ich nicht weiter vorgesehen bin. Und du, Lita, du bist etwas, das nicht sein sollte.«

»Nicht sein *darf!*«, fiel Elaine ihr harsch ins Wort. »Deine Schicksalslosigkeit hat die Welt aus dem Gleichgewicht geworfen. Ich hab den Tod zu den Lebenden gebracht, als ich Hanna rettete. Du bist das Gift, das sich ausbreiten wird und die Welt, wie sie ist, auslöscht.«

Lita sah, dass Elaine noch immer redete, doch sie hörte die Worte nicht. *Ich habe keinen Faden!* Jeder Mensch hatte einen Faden. Einen Lebens- und Schicksalsfaden. Darauf war festgelegt, wie das Leben verlief, wann es endete. *Wann es endete!* »Bin ich unsterblich?« Geschockt sah sie zu Elaine.

Die beiden Frauen verstummten. Hanna kniete sich vor sie. »Das ist nichts Schlimmes, Lita.«

»Doch. Ist es!«, ging Elaine harsch dazwischen. »Du bist keine Weberin und erst recht keine Unsterbliche!«

»Aber ich habe keinen Faden, den ihr durchschneiden könnt.« Und mehr noch. Sie hatte kein Schicksal ... »Sekunde. Wenn ich keinen Faden habe, wie kann dann ein Orakel von mir sprechen? Ich meine, wie kann es vorhersehen, was ich tun werde, wenn es nicht vorherbestimmt ist, was ich tue?« Schon wieder kündigten sich Kopfschmerzen an, wie immer, wenn sie versuchte, dieses Schicksalszeug zu begreifen.

Hanna wandte sich ab, damit Elaine ihr breites Grinsen nicht bemerkte. Offenbar hatte Lita genau das ausgesprochen, worüber sich die beiden – schon seit Jahren? – stritten.

Seufzend erhob sich Elaine. »Es tut mir leid. Ich habe meine Liebe zu dir, Hanna, über meine Pflichten als Oberste Weberin gestellt. Ich bin schuld daran, dass die Lebensfäden der Menschen zu Asche werden. Doch ich werde es verhindern.«

»Du meinst, es ist dir vorherbestimmt, es zu verhindern?« Lita stand auf. Sie wollte Elaine direkt in die Augen sehen. »Um ehrlich zu sein, schwirrt mir gerade der Kopf von diesen vorherbestimmten Schicksalssachen. Das ist doch alles totaler Blödsinn. Wenn es mir vorherbestimmt ist, die Welt zu zerstören, obwohl mir *nichts* vorherbestimmt ist, dann kann es dir doch nicht bestimmt sein, alles zu verhindern?«

Für einen Augenblick blinzelte Elaine. Eine winzige Sekunde schien sie zu schwanken. »Äon fordert es von mir und ich werde ihm nicht noch einmal den Gehorsam verweigern.« Mit diesen Worten ging Elaine zur Tür.

Lita packte sie am Arm und hielt sie zurück. »Du willst allen Ernstes den Faden deiner Tochter kappen? Du hast es doch schon damals nicht übers Herz gebracht!«

»Ich werde in die Vergangenheit gehen und alles ungeschehen machen. Hanna und damit auch du, ihr werdet zusammen mit deinem Vater gestorben sein. Und dann werde ich vergessen.« Sie senkte den Blick.

»Vergessen?« Getroffen schaute Hanna Elaine an.

»Den Schmerz über euren Tod, die Erinnerung an …« Elaines Stimme brach, sie wischte sich über die Augen und sah zu Hanna.

Blass starrte diese ihre Mutter an. »Du willst die Erinnerung an mich tilgen?« Lita konnte sehen, wie tief sie Elaines Vorhaben schockierte.

Elaine riss sich von Lita los und marschierte zur Tür. Aber Lita war schneller. Sie sprang vor und stieß Elaine zurück. Völlig überrumpelt strauchelte diese und fiel.

»Was soll das!« Elaine rappelte sich auf.

Doch dieser kurze Moment reichte Lita. Sie packte ihre

Mutter und rannte mit ihr durch die Tür. Hastig kickte sie den Teppich fort und die Geheimtür fiel hinter ihnen zu. Gedämpft hörte sie Elaines Schrei und wilde Beschimpfungen.

»Los! Nichts wie raus hier!« Noch immer hatte sie ihre Mutter gepackt und zog sie mit sich.

»Was – was hast du getan?«

»Sie wird uns nicht auslöschen! Dieses Orakel ist doch Blödsinn! Es kann nicht vorhergesagt sein, dass ich, die keine Bestimmung hat, irgendwas tue. Wir werden eine andere Lösung finden!«

Lita war schon quer durch das Loft gelaufen und bereits auf der Treppe, die sich durch den Schicksalsbaum wand, als ihre Mutter sich umdrehte.

»Halt! Mum! Was tust du?«

»Wir werden noch ein paar Sachen brauchen. Warte hier!«

Da war Hanna schon ins Loft gerannt. Eine Minute später kam sie mit Elaines Umhang zurück. »Los jetzt!« Sie nahm Lita an der Hand und zusammen rannten sie die Treppe hinunter und hinaus aus dem Turm.

# 9
# RUKAR

Noch immer steckte Rukar die Hitze in den Knochen und er hatte das Glas Wasser, das vor ihm auf dem verchromten Couchtisch stand, schon zum zweiten Mal leer getrunken.

Nachdem er Tegan ihre Sachen gebracht hatte, war er nach Hause zurückgekehrt, um sich wieder in einen erträglichen Zustand zu versetzen. Allerdings hatte Wook ihn nur vier Minuten duschen lassen. *Wasserverschwendung,* hatte der Kami ihn angegiftet. Außerdem schade die feuchte Luft den Waren.

Nur leidlich erfrischt hatte sich Rukar über die Dächer auf den Weg zu Misanos Büro gemacht. Jeden Sprung in der kühlen, frischen Luft hatte er genossen. Seine Haut glühte jedoch noch immer.

Er schenkte sich aus der Karaffe ein weiteres Glas ein und lehnte sich dann in den Ledersessel zurück, die Arme auf den breiten Lehnen. Ein Bein locker auf das Knie gelegt, wollte er Misano zeigen, dass er ein ernst zu nehmender Geschäftspartner war.

Unter den Menschen war Misano als einflussreicher und mächtiger Filmmogul bekannt. Eine der erfolgreichsten internationalen Kinoproduktionsfirmen gehörte ihm. Misano zählte nicht gerade zu den Bescheidenen. Sein

Penthousebüro strotzte vor Filmplakaten seiner Produktionen. In gleich zwei Vitrinen glänzten unzählige Preise. Goldene Männer, goldene Weltkugeln, goldene Engel, goldene Löwen.

Rukar beeindruckte das wenig. Er wusste, wer Misano wirklich war. Ein verbitterter Unsterblicher, der den Menschen nie verziehen hatte, dass sie ihn nicht mehr als Gott verehrten. Allerdings hatte Misano damals schnell begriffen, dass es neue Götter gab. Solche, die von der Leinwand herablächelten. Da er selbst kein Talent zum Schauspielern besaß, hatte er sich sein echtes Gold zunutze gemacht. Wer seit Anbeginn der Zeiten bereits auf Erden wandelt, kommt wohl nicht umhin, sich ein respektables Vermögen anzusparen.

Rukar blickte hinüber zu ihm. Vor der Panoramascheibe dieses nach Geld stinkenden Büros stand ein gebrochener, alter Mann. Das Designerhemd war knittrig, die Jeans ausgebeult. Ein Mann in Trauer.

In Misanos Händen, als wäre es ein zartes Vögelchen, lag das Schmuckschächtelchen, in das Rukar den Faden gebettet hatte. Misano hielt den Deckel aufgeklappt und betrachtete sehnsuchtsvoll das, was von seiner Liebe übrig war.

»Danke«, meinte er schließlich leise, den Blick nicht von seinem Kleinod abwendend. »Meine Assistentin gibt dir draußen dein Geld. Und ich hätte da einen weiteren Job für dich.«

Rukar sah kurz über die Schulter, durch die gläserne Wand zu Misanos Assistentin, die konzentriert an ihrem Computer arbeitete. Das Säckchen mit seinem Lohn stand neben ihrer Tastatur. Es war so dick und prall wie noch nie.

Rukar hatte sich geschworen, in der nächsten Woche Urlaub zu machen. Mit dem Lohn für diesen Auftrag konnte er endlich eine Wohnung finden. Darauf sollte er sich jetzt konzentrieren.

Aber er brauchte auch Möbel. Eine Profikaffeemaschine …

Was konnte Misano jetzt noch wollen? Kein Auftrag konnte schwieriger sein als der, den er gerade gemeistert hatte: den dummen Faden einer Toten zu beschaffen. Es war der übelste Auftrag, den Rukar jemals angenommen hatte. Jedoch auch der am besten bezahlte. Alles andere konnte von nun an nur noch eine Spielerei sein.

Er nahm einen weiteren, langen Schluck.

»Ich weiß nicht. Mein Kalender ist schon ziemlich ausgebucht. Wenn es nur etwas Kleines, Schnelles ist, vielleicht.« Rukar gab sich Mühe, möglichst lässig zu klingen.

»Bring mir Elaine.« Misano hatte nicht mal aufgeblickt.

Rukar verschluckte sich vor Überraschung. »DIE Elaine? Die Oberste Weberin?« Wie elektrisiert richtete er sich im Sessel auf, *Alarmstufe Rot* schrillte durch seine Nervenbahnen.

»Genau die.« Misano sah zu ihm. Seine Miene war wie versteinert und unlesbar.

Wollte er Rukar verklopsen? In den Turm eindringen und einen Totenfaden stehlen, das war eine Sache. Aber die Entführung einer Lebenden, das war übler als übelst! War das seine neue Art von Humor? Doch Misano war nicht der Typ für miese Scherze, das war Jins Ressort.

»Ich bin doch nicht wahnsinnig«, gab Rukar zurück. Er stand auf, um sich zu verabschieden. Keine Kaffeeflat der Welt würde ihn noch mal in den Turm bringen.

»Sie ist nur eine alte Frau ohne Magie.« Misano sagte es so leichthin, dass der Auftrag für ein paar Sekunden völlig simpel klang. Ein einfaches Gaffertape und vielleicht noch ein Seil um ihre Hände – mehr nicht.

*Aber sie ist im Turm! Der Turm, Rukar! Du hattest Glück, dass du schnell genug warst!* Die Weberin im Baum hatte nicht Alarm geschlagen und so war er, als Tegan getarnt, einfach aus der Tür spaziert. Inzwischen hatten mit Sicherheit diese Lita, aber auch Tegan, alle Weberinnen alarmiert.

Elaine war die Oberste Weberin. Dass Misano sie entführen wollte, konnte nur mit Zaras Tod zu tun haben.

*Es hat dir egal zu sein,* mahnte ihn seine Vernunft. *Es wäre nur ein Auftrag. Wieso und warum und was dann, ist nicht deine Angelegenheit!*

»Nun?« Das Schächtelchen fest umklammert, sah Misano über London hinweg zum Weberinnenturm. »Nimmst du den Auftrag an?«

*Um kein Gold der Welt!,* schrie ihn seine innere Stimme an. Rukar zögerte. Die Bezahlung, die in dem Säckchen auf ihn wartete, würde ausreichen, eine Wohnung und ein Bett zu finanzieren plus ein Monatsabo Kaffee in seiner Lieblingsbar.

»Nein. Tut mir leid. Das ist mir zu heiß.«

Ungeduldig zog Misano die Brauen zusammen. »Ich verdreifache deinen letzten Lohn. Bring mir Elaine.«

Rukar versuchte, sich nicht anmerken zu lassen, wie geschockt er war. Das Dreifache? Er würde sich eine Wohnung *kaufen* können! Ihm war klar, dass niemand anderes diesen Job, Elaine zu entführen, übernehmen würde. Er war Misanos einzige Chance. Andere Halbblute mochten sich als Boten verdingen. Doch Diebstahl von Verträgen, Juwelen, Haustieren, Erstausgaben oder Artefakten war Rukars Spezialgebiet. Er war noch niemals erwischt worden, denn die Zeit war seine Verbündete.

Misanos Blick schien Rukars Gedanken durchdringen zu wollen. »Und ich lege noch etwas drauf, das kein Geld der Welt aufwiegen kann.«

Die Summen, die Misano ihm anbot, ließen Rukar schwindelig werden. Er wäre für immer von Wook befreit. Er könnte sein eigenes Leben leben. Frei sein. Völlig frei! »Etwas, das kein Geld der Welt kaufen kann? Was soll das sein?« War nicht alles in dieser Welt käuflich? Langsam atmete er durch. Misano bot ihm, einem Halbblut, das die Unsterblichen zu einem windigen Kami abgeschoben hatten, etwas Unbezahlbares an? Was immer es war, es konnte nichts aus der Menschenwelt sein, denn diese Dinge waren immer mit Geld aufzuwiegen.

Gelassen schlenderte er zu Misanos Schreibtisch und ließ sich, ohne zu fragen, in den Chefsessel fallen. »Also gut. Lass dein Angebot hören.« Er würde es nicht annehmen. Es wäre Selbstmord, noch mal in den Turm zu gehen! Aber er wollte hören, wie verzweifelt Misano war und was er ihm anbieten wollte. Einen Platz unter den Unsterblichen?

Pikiert zog Misano die Augenbraue hoch. »Werd nicht frech, Rukar. Du brauchst mich.«

Provokant platzierte Rukar seine Füße auf dem Schreibtisch. »*Ich* brauche dich?« Er lachte laut. Da irrte sich der mächtige Misano aber gehörig.

»Ich weiß, wer du bist.«

Misanos Worte trafen Rukar völlig unvorbereitet. Ihm ging die Luft aus, als hätte er ihn hart vor die Brust getreten. »Du, du hast immer beteuert, nichts über meine Herkunft zu wissen ...« Rukars Finger fühlten sich taub an. War das etwa Misanos Angebot? Endlich die Wahrheit über seine Eltern?

Misano ließ das Schächtelchen in seine Hosentasche gleiten und begann, die Vitrinen entlangzuschreiten. Lange starrte er seine goldenen Trophäen an. »Du bist ein Findelkind. Ein Halbblut, das war allen sofort klar, als wir dich an diesem sonnigen Tag fanden«, erinnerte sich Misano. »Du lagst in Gondel 13 des London Eye.« Er öffnete eine der Vitrinen und arrangierte zwei Oscars neu. »Gondel 13 war damals einer der meist frequentierten Zugänge zur Stadt der Unsterblichen.«

Rukar verzog keine Miene. All das wusste er bereits. Gondel 13 existierte nicht in der Menschenwelt. Nur wer Teil der verborgenen Welten war – unsterblich, Kami oder Weberin –, konnte die Gondel sehen und die Schwelle übertreten. Die Antwort auf die Frage, wie seine menschliche Mutter es zuwege gebracht hatte, ihn in Gondel 13 zu legen, waren ihm die Unsterblichen bisher schuldig geblieben. Misano, Jin, der Rat – alle hatten nur mit den Schultern gezuckt. Doch nun war Misano bereit, ihm das Geheimnis zu verraten?

Rukars Puls hatte sich deutlich beschleunigt. Es war ein

Fehler, in den Turm zurückzugehen. Einen, den er teuer bezahlen würde. Doch alles, was er je begehrt hatte, war zu wissen, wer er war.

»Warum wurde ich nicht wie andere Halbblute bei euch aufgenommen? Wieso muss ich bei Krötenkami leben?«, hakte Rukar nach. Kein Unsterblicher wollte ihn damals als sein Kind anerkennen. Halbblute lebten zwar auch unter den Menschen, doch wohnten genauso viele in der Stadt der Unsterblichen. Es war also nichts Unmögliches, als Halbblut dort aufzuwachsen. Jedoch war er das einzige Halbblut, das es bei einem Kami aushalten musste.

Misano zuckte mit den Schultern. »Es war der gemeinsame Beschluss aller. Das Problem war, dass sich keiner zur Vaterschaft bekennen wollte.«

»Und meine Mutter? Wieso habt ihr sie nicht gesucht?«

»Es gab keinen Hinweis auf sie.«

*Lüge,* dachte Rukar. Er beobachtete Misano, dessen Schritte zögernd wurden. Rukars Fragerei machte ihn offensichtlich nervös. Würde er sein Angebot zurückziehen?

»Meine Mutter war eine Menschenfrau. Wie kam sie in die Gondel?«

Misano versteifte sich. Inzwischen hatte er seinen Schreibtisch und damit Rukar einmal umrundet. Abschätzend musterte er ihn. »Bring mir Elaine und ich gebe dir alles, was ich über deine Herkunft weiß.«

Rukar rutschte auf dem Sessel nach hinten und nahm die Füße vom Tisch. »Wieso sollte ich dir glauben? Ihr habt immer behauptet, nichts zu wissen. Ihr habt weder nach meinem Vater noch nach meiner Mutter gesucht. Stattdessen habt ihr mich bei Wook versteckt. Woher soll ich wissen, ob du mich nicht nur mit einem leeren Versprechen köderst?«

Auf Misanos Stirn begann eine Ader zu pulsieren.

»Die Wahrheit, Misano!«

Doch plötzlich entspannte sich der Unsterbliche und lächelte Rukar selbstgefällig an. »Ich gebe sie dir. Sobald du Elaine hierhergebracht hast.«

Sein ganzes Leben hatte Rukar nach seinen Eltern gesucht. Nichts hatte er sich mehr gewünscht, als zu wissen, woher er stammte. Er hatte sich eine Familie gewünscht, jemanden, der für ihn da war und der ihn so liebte, wie er war. Doch alles, was er bekommen hatte, waren Anfeindungen. Er war kein Kami, er war kein Mensch, er war kein Unsterblicher. Niemand wollte ihn haben.

*Du bist völlig irre! Sie schneiden dir den Lebensfaden ab!*

Doch er wollte frei sein. Und dazu gehörte nicht nur eine Wohnung weit weg von Wook. Dazu zählte auch endlich eine Antwort auf das Wer und Warum.

Rukar streckte Misano die Hand hin. »Geschäft ist Geschäft«, murmelte er und Misano schlug ein.

Damit war der Auftrag besiegelt.

# 10
# LITA

Stopp! Halt an!« Völlig außer Atem beugte sich Lita vor, die Hände auf die Knie gestützt, und versuchte, ihren Atem zu beruhigen. Hanna war mit ihr die Straßen vom Turm bis zu dieser stillen Kirchenruine gerannt. Jeder Atemzug brannte. Lita konnte nicht mehr. Und sie wollte auch nicht mehr. Außerdem half Weglaufen nicht.

Noch immer sah Lita Elaine vor sich und ihren entsetzten Gesichtsausdruck, als sie mit ihrer Mutter aus dem Geheimraum floh. War Elaines Plan, Hanna und damit auch Lita am Tag des Unfalls aus der Welt zu schneiden, wirklich der einzige Weg, den vermeintlichen Weltuntergang zu stoppen? In Elaines Blick hatte Lita blanke Angst und Panik gesehen, kurz bevor die Geheimtür zugeschlagen war. Elaine glaubte zu hundert Prozent daran.

Lita ließ sich auf eine der Holzbänke fallen, die unter Bäumen und vor einer von Wein überrankten Fensterfassade der Kirchenruine stand. Der Herbst hatte die Blätter gold-orange gefärbt und verlieh diesem aus der Zeit gefallenen Ort etwas Magisches. »Wir können nicht davonlaufen!«

Wenn ihre Großmutter nicht völlig übergeschnappt war, stand das Ende der Welt vor der Tür. Und so wie es aussah, würde Lita es verursachen. Elaine selbst hatte die Worte von Äon, dem Schöpfer dieser verrückten Welt, eingeflüstert bekommen. Hanna war deshalb mit ihr aus dem Turm geflohen. Nicht aus Wut, weil Elaine Litas Vater nicht gerettet hatte. Sondern aus Angst, dieser Spruch könnte wahr werden. *Ohne Schicksal bringt die Welt zu Fall.*

Lita legte den Kopf in den Nacken und blickte in den blauen Himmel hinauf. Eine leichte Brise strich durch das gefiederte Laub des Baums, der sich neben ihr an eine der Mauern lehnte. Goldene Blätter tanzten müde zu Boden. Der Lärm der Stadt drang in diese Oase, doch er wirkte surreal. *Eine Welt innerhalb einer anderen,* schoss es Lita durch den Kopf. *Wie der Weberinnenturm.*

Ihr Puls beruhigte sich langsam. Sie sah sich nach ihrer Mutter um.

Hanna wirkte gehetzt, als erwarte sie jeden Augenblick einen Überfall. Sie stand auf dem gepflasterten Weg und beobachtete eine Frau, die gerade die Anlage durchquerte. Jetzt waren sie die einzigen Besucher dieses verwunschenen Ortes.

»Setz dich, Mum. Wir brauchen einen Plan. Und ich habe wirklich verdammt viele Fragen!«

Doch Hanna setzte sich nicht. Unruhig begann sie, vor Lita auf und ab zu laufen. »Es tut mir alles so leid. Ich hätte dich hierauf vorbereiten müssen.«

Lita seufzte. Noch vor ein paar Tagen hätte sie bei so einem Verhalten Hannas Ärztin kontaktiert. Gestern war sie selbst so weit gewesen, an ihrem Verstand zu zweifeln. »Schon gut. Ich glaube, ich beginne zu verstehen, warum du mich belogen hast. Mum, ich dachte, du wärst krank!«

Hanna warf ihrer Tochter einen entschuldigenden Blick zu. Sie wollte etwas sagen, doch Lita ließ sie nicht zu Wort kommen.

»Ist okay. Ich bin ja froh, dass du keine Psychose hast. Und ich offenbar auch nicht. Aber – ich bekomme Kopfschmerzen von diesen Schicksalsknoten! Wie kann es sein, dass ich nichts an meiner Zukunft ändern kann? Wie könnt ihr euch so sicher sein, wie es sein wird?« Ein Klumpen Wut ballte sich in ihrem Magen zusammen. Wie gerne hätte sie die Zeit zurückgedreht, als sie noch davon überzeugt gewesen war, ein selbstbestimmtes Leben zu leben.

Hanna fuhr sich durch ihre sowieso schon völlig zerzausten Haare. »Oh, Lita! Ich –«

Mit einer Geste brachte Lita ihre Mutter zum Schweigen. »Nein. Keine Entschuldigungen. Sag mir lieber, wie lange Elaine brauchen wird, um aus dem Raum zu fliehen.«

Hanna schüttelte den Kopf. »Ich hab versucht, die Tür zu knacken, als sie mich darin eingesperrt hat. Man kann den Raum nicht von innen öffnen.«

»Das ist gut.« Dann hatten sie etwas Zeit und konnten wirklich nach einer anderen Lösung suchen.

»Nein, ist es nicht! Du kannst deine Großmutter dort nicht verhungern lassen.«

»Sie hat Muffins.« Lita verspürte nicht das geringste Mitleid mit Elaine. Die alte Frau hatte sie belogen! Sie hatte Hanna entführt und wollte sie ... auslöschen!

»Lita!«, mahnte Hanna sie. »Sie ist deine Großmutter!«

»Sie benimmt sich aber nicht so, Mum! Sie will dich umbringen! Und damit auch mein Leben beenden!«

Endlich setzte sich Hanna doch neben Lita. Sie griff ihre Hand und blickte ihr ernst in die Augen. »Elaine hat mich entführt, um sich von mir zu verabschieden. Denk nicht, dass sie eine bösartige Frau ist. Wir wären nicht in dieser schrecklichen Lage, wenn sie mich damals einfach meinem Schicksal überlassen hätte. Sie hat sich Äons Anweisung widersetzt, weil sie mich liebt und nicht verlieren wollte.«

»Aber jetzt –«

»Jetzt«, unterbrach Hanna sie, »jetzt muss sie an ihre Verantwortung den Menschen gegenüber denken. Wenn sie nicht endlich der Weisung Äons nachkommt, wird die ganze Welt dafür bezahlen. Das darf nicht passieren!«

»Soll das heißen, du *willst,* dass wir sterben, damit andere leben können, die nicht mal wissen, dass …?«

»Nein! Lita! – Ich bin damals mit dir aus dem Turm geflohen, um dich zu retten. Ich dachte, wenn ich dich von den Weberinnen fernhalte, kann sich die Prophezeiung nicht erfüllen!«

Lita entzog Hanna ihre Hände und stand auf. »Du meinst diesen Weltuntergangsvers? Der voraussagt, dass die Welt stirbt, wenn wir leben?« *Unser Leben gegen das aller Menschen.* Lita wandte sich ab, damit ihre Mutter nicht die Angst sah, die ihr die Kehle zuschnürte. Wie konnte dieses Äon das verlangen – wie konnte es ihr ein Leben schenken, nur um es dann auf so brutale Art wieder zu beenden? Ihr Blick streifte die Mauerreste. Einst hatte hier eine Kirche gestanden, aber ein Krieg hatte sie zerstört und inzwischen waren die Überreste von St. Dunstan in the East in einen Park verwandelt worden. Im Sommer war diese schattige grüne Insel eine Oase für die gestressten Londoner.

Der Ort hatte sich verändert und doch hatte er sein Wesen behalten: Es war ein Ort der Zuflucht.

»Nichts ist für immer, oder?« Lita deutete auf die Beete, aus denen sich die Farben des Sommers verabschiedet hatten und in denen sich das leblose Braun des nahenden Winters ausbreitete. »Wandelt sich nicht alles?« Im nächsten Frühjahr würde das Grün erneut sprießen und prächtige Farben würden erblühen. Der Ort würde sich wieder verändern und doch gleich bleiben. »Warum ist Elaine so sicher, dass die Welt für immer enden wird? Und vor allem, dass *ich* das Ende bringe?«

»Für Elaine ist der Orakelspruch, die Prophezeiung, die sie am Tag deiner Geburt erhalten hat, eindeutig. Du bist die Schicksallose, ich bin der Tod und sie hat alles vergiftet.«

Jetzt war es Lita, die vor der Holzbank hin und her tigerte. »Das ist doch Quatsch. Du bist nicht tot. Und das mit dem Gift ... das passt doch alles nicht! Ihr deutet den Spruch absolut falsch, wetten?«

Für einen kurzen Augenblick schwieg Hanna. Dann seufzte sie und strich nachdenklich über Elaines Mantel, den sie aus dem Loft mitgenommen hatte. »Ich werde mit Jin reden.«

»Jin?« Lita fuhr zu ihr herum. Ihre Mutter sah mitgenommen aus. Ihre Augen waren gerötet, die Haut wirkte stumpf. »Jin, der Unsterbliche Jin?«, fragte Lita geschockt. »Dieser arrogante Typ, der mich quer durch die Welt geswipt hat und die ganze Zeit wusste, wo du bist?«

Überrascht blickte Hanna auf, dann schlich sich ein nachsichtiges Schmunzeln in ihren Blick.

»Okay.« Lita verschränkte die Arme. »Es überrascht dich nicht, dass er wusste, dass Elaine dich entführt hat. Was weiß ich noch alles nicht?«

»Es gab eine Zeit ...« Hanna zuckte mit den Schultern. »... da waren Elaine und Jin sehr ... vertraut miteinander.«

Fast hätte Lita das Gleichgewicht verloren, denn diese ... Vorstellung ... Nein, sie wollte es sich gar nicht vorstellen! Aber nun war klar, woher der Unsterbliche von dem geheimen Raum hinter dem Teppich wusste. »Dann kennt dieser Idiot also auch den Orakelspruch?«

Entschieden schüttelte Hanna den Kopf. »Nein. Elaine hat niemandem davon erzählt. Sie hat ihn geheim gehalten. Selbst Jin dürfte nichts darüber wissen. Aber er weiß, dass Elaine und ich uns im Streit getrennt haben. Und er weiß, dass ich bei dem Unfall hätte sterben müssen.« Mit einem Seufzen richtete sie sich auf und sah Lita entschlossen an. »Er ist von Natur aus nervtötend neugierig. Es ist schwer, Geheimnisse vor Jin zu verbergen. Aber wir brauchen ihn. Er verkauft seine Magie. Ich werde ihn bitten, dich zu schützen.«

»Wie bitte? *Der* soll mich schützen?« Lita graute bei der Vorstellung, dass dieser Typ in ihrer Nähe sein sollte. »Er ist ein Sadist!«

»Er liebt Streiche.« Doch Hanna zweifelte wohl selbst an ihrer Idee, denn die Entschlossenheit in ihrer Stimme wankte.

»Man macht mit einem wie Loki keinen Handel! Er wird dich betrügen!« Es war ihr völlig unbegreiflich, wieso

Hanna all ihre Hoffnung auf ihn setzte. Innerlich schüttelte es sie.

Hanna stand auf, um ihre Tochter in die Arme zu schließen. »Mir läuft die Zeit davon. Jeden Augenblick kann Elaine aus der Kammer gelassen werden. Und das Erste, was sie tun wird, ist in den Weltenraum gehen, um meinen Faden in der Vergangenheit zu kappen. Ich will, dass Jin dich mit einem Zauber beschützt. Du hast keinen Faden. Du bist unsterblich. Er wird einen Weg wissen, wie er dein Leben bewahren kann, auch wenn meines damals enden wird.«

»Wie soll das funktionieren? Elaine wird deinen Faden in der Vergangenheit kappen. Bevor ich geboren wurde!«

»Die Unsterblichen sind mächtig! Und Jin ist schlau. Wenn es eine Möglichkeit gibt, dich zu retten, auch wenn ich gehe, dann kennt Jin sie!« Hanna drückte sie innig.

»Nein! Was soll das! Ich – Nein!« Sie wollte sich aus der Umarmung ihrer Mutter herauswinden. Doch gleichzeitig konnte sie nicht anders, als sich an sie zu schmiegen und sich in der Geborgenheit ihrer Arme zu verkriechen. »Du wirst diesen Irrsinn von Elaine nicht mitmachen!«, bat sie leise.

Plötzlich packte Hanna sie an den Schultern und rüttelte Lita. »Jetzt hör auf, die Augen zu verschließen! Es war immer mein oberstes Ziel, dich zu beschützen. *Deshalb* habe ich mit dir den Turm verlassen, *deshalb* habe ich deine Fähigkeiten versiegeln lassen. Alles nur, um dich vor der Prophezeiung zu schützen. Und ich werde jetzt, wo Elaine sagt, der Tag sei gekommen, nicht damit aufhören, meine Tochter zu beschützen!«

»Aber zu Jin zu gehen, ist ein Fehler!« Alles, was sie bisher von dem Unsterblichen wusste, ließ nur den Schluss zu, dass er Hanna hintergehen würde.

»Es ist momentan die einzige Chance, die ich sehe, um dich zu retten.«

Lita presste die Lippen aufeinander und schüttelte energisch den Kopf. Nein! Niemals. Das war eine ganz, ganz dumme Idee. »Ich lass dich nicht allein gehen! Ich komme mit zu diesem Idioten!«

»Nein, Lita. Ich werde ohne dich gehen.« Hanna warf sich Elaines Mantel über und zog etwas aus der Tasche. »Wenn ich mich in vier Stunden nicht bei dir gemeldet habe –«

»Nein«, flüsterte Lita. Sie konnte ihre Mutter nicht ansehen. Allein der Gedanke, dass sie einfach nicht mehr da sein würde, zerquetschte ihr Herz, sodass sie meinte, keine Luft zu bekommen.

»Wenn du nichts von mir hörst, dann wird Elaine mich gekappt haben, aber Jins Zauber wird dich retten.« Sie strich Lita sanft übers Haar. »Dann ist alles gut.«

»Nichts wird dann gut sein!«, schrie Lita sie an. Wie konnte sie wagen zu sagen, dass alles gut werden würde, wenn sie selbst tot war!

Da hielt Hanna das Fläschchen hoch, das sie aus der Manteltasche gezogen hatte. »Ich habe das von Elaine mitgenommen. Sie hat ihn für sich gebraut, um uns zu vergessen.« Sie drückte Lita die Flasche in die Hand. »Wenn ich fort bin und du noch da, dann trink davon.«

Das Glas fühlte sich kalt an. Die Flüssigkeit schimmerte goldbraun. Lita musterte sie voller Abscheu. Sie hatte die

Flasche erkannt. Es war das Fläschchen, das in Elaines Küche neben dem Kupferkessel gestanden hatte.

Entsetzen packte sie. »Ich soll dich vergessen? Nicht um dich trauern?« Wie konnte ihre Mutter das von ihr verlangen! Niemals! Sie würde auf keinen Fall ihre Mutter aus ihrer Erinnerung löschen!

»Lita! Bitte«, flehte Hanna sie an. »Versteh doch. Wenn es Jin gelingt, dich zu retten, obwohl Elaine meinen Faden gekappt hat, kannst du frei sein! Ich will nicht, dass du dich an all das hier erinnerst. Dich damit quälst, was mit mir passiert ist und was Elaine getan hat. Ich möchte, dass du frei bist.« Sie nahm sie in den Arm und drückte sie an sich. »Ich will doch nur, dass du glücklich wirst. Ein fröhliches Leben lebst.«

»Nein! Niemals!« Lita presste sich an sie. Ihre Mum duftete nach Vanille. Wie immer. Sie biss sich auf die Lippe, um nicht laut loszuheulen.

»All diese Dinge, Lita, sie werden dein Leben überschatten! Bitte! Nimm den Trank, wenn Elaine mich –«

Lita riss sich von ihrer Mutter los. »Nein, Mum! Das kannst du so was von vergessen! Ich werde nicht feige sein! Ich werde den Schmerz ertragen, denn die Erinnerungen, all das Wunderbare, das ich mit dir erlebt habe, überwiegt die Trauer tausend Mal! Also steck dir Elaines Feigheit sonst wo hin!« Sie stopfte den Trank zurück in die Tasche des Weberinnenmantels. »Ich werde mich auch so von den Weberinnen fernhalten!«

»Du bist –« Hanna wischte sich eine Träne von der Wange und zog Lita erneut an sich. Die beiden umarmten sich innig. »Ich bin so stolz auf dich, Lita!«

Ihre Stirn fest gegen die Schulter ihrer Mutter gepresst, konnte Lita nur nicken. Tränen strömten über ihre Wangen und tränkten den Mantel. »Geh jetzt«, murmelte sie. »Und komm wieder.«

## 11
# TEGAN

Das Bronzeglöckchen bimmelte, als Tegan den Laden betrat. Hier drin war die Zimmerdecke sogar noch niedriger als im Pub und Tegan stieß an einen Strauß getrockneten Lavendel, der von der Decke baumelte.

Der Laden stank nach Schimmel und Verdorrtem, Staub und Mumifiziertem. Sie hielt sich den Ärmel vor die Nase und ging tiefer in die schummrige Dunkelheit. Mit Tiegeln, Dosen, Schächtelchen und Fläschchen vollgestopfte Holzregale drängten sich dicht an dicht. Vor dem Verkaufstresen standen Bodenvasen aufgereiht, aus denen man sich mit hölzernen Kellen irgendwelches Getreide oder Samen in Papiertüten abfüllen konnte.

Durch einen Perlenvorhang kam ein Kami hinter dem Tresen hervorgewuselt. Er war gerade mal knapp über einen Meter groß, aber ebenso breit. Der schwarze, mit Goldfäden bestickte Kimono ließ seine Gestalt noch untersetzter erscheinen. Sein Gesicht erinnerte Tegan an eine Kröte.

Als er bemerkte, dass sie eine Weberin war, zuckte er zusammen, bevor er sich auf seine Manieren besann und eine tiefe Verbeugung vollführte.

»Willkommen in meinem bescheidenen Laden. Ich bin Wook. Womit kann ich dienen, edle Weberin?«

»Ich suche Rukar.«

Der Kami schnellte hoch. Überraschung lag in seinem Blick, die sich sofort in Argwohn wandelte. »Natürlich. Er steht Ihnen zur Verfügung.« Sich ohne Unterlass verbeugend, schaffte es der Kerl, sich rückwärts zum Tresen zu bewegen. »Er ist der beste Bote für Euer ... ähm ... Anliegen, den Ihr finden könnt.«

Ein Bote? War das Rukars Geschäft? Wohl eher Straßenräuber, Entführer oder Dieb. »Er ist kein Kami. Wie kommt es, dass er bei dir wohnen darf?«

Die blasse gräuliche Haut des Kami glühte lila auf, offenbar war es ihm unangenehm, über Rukar zu sprechen. »Nun, werte Weberin, es war mir ein Anliegen. Dieser arme heimatlose Junge hat einfach mein Herz berührt.« Er legte die kleinen Hände auf seinen Magen und lächelte sie gütig von unten herauf an.

Stirnrunzelnd starrte Tegan auf ihn herab. Bisher war sie der Ansicht gewesen, Kami seien zwar dreckig und Tagediebe, aber sie waren unter den Weberinnen als absolut ehrlich bekannt. Doch dieser hier belog sie gerade.

»Ich dachte, Kami sagen stets die Wahrheit.« Sie beobachtete zufrieden, wie ihm das gütige Lächeln entglitt. »Aber Rukar ist ein Lügner. Er ist ein Dieb und Betrüger – wie kann das sein, wenn er doch in deiner Obhut aufgewachsen ist?«

Ihre Worte schienen den Kami aus dem Gleichgewicht zu bringen, denn er klammerte sich an den Tresen und wurde noch lilafarbener. »Nein, nein! Das, das steckt in ihm – seine Väter, die haben ihm das Stehlen und Lügen beigebracht.«

»Seine *Väter?*« Die Geschichte wurde ja immer seltsamer. Anscheinend hätte sich der Kami am liebsten komplett in den Weiten seines Kimonos versteckt, so sehr schrumpfte er unter Tegans forschendem Blick.

»Die Unsterblichen. Misano und Jin«, stammelte der Kami. »Sie haben Rukar zu ihrem Gehilfen gemacht. Sie haben ihn damals zu mir gebracht. Wenn Rukar Euch bestohlen hat, dann ist das also nicht meine Schuld.«

Tegan konnte nicht glauben, was sie da hörte. Es gab Gerüchte, dass die Unsterblichen hin und wieder kleine Fehden untereinander austrugen und ihre Abkömmlinge dafür nutzten, Fallen zu stellen oder Diebstähle zu begehen. Und Jin war für seine Freude an Schabernack jeglicher Art bekannt. »Willst du damit sagen, alles, was Rukar tut, geschieht auf Geheiß der Unsterblichen?«

Eifrig nickte er. »Er ist eine Schande für mich. Rukar bringt Schande über mein Haus. Über uns Kami.«

Hatte Rukar im Auftrag eines Unsterblichen gehandelt? Tegan versuchte, sich nicht anmerken zu lassen, wie sehr sie diese Information durcheinanderbrachte. Es entschuldigte Rukar nicht. Aber vielleicht war er doch kein pervers gestörter Pulloverfetischist.

Der krötengesichtige Kami sah noch immer bedenklich lila aus. Eindeutig stresste ihn das Thema Rukar.

»Wollt Ihr Rukar eine Nachricht hinterlassen?« Er schob ihr ein Blatt Papier und ein Fässchen schwarzer Tinte mit einem Schreibpinsel hin.

Zögernd griff sie nach dem altmodischen Schreibgerät. Was sollte sie Rukar schreiben? *Du hast für die Reinigung meiner Sachen zu zahlen?*

»Wieso wohnt er nicht bei den Unsterblichen, wenn sie ihn schon ausbilden, wie du sagst?«

Der Kami japste nach Luft und Tegan musterte ihn argwöhnisch. Irgendetwas stimmte hier doch nicht. »Wer ist seine Mutter?«

Der Kami versank in seinem Kimono, als ob er sich vor ihr verstecken wollte. »Es ist unbekannt, von wem das Halbblut abstammt. Glaubt mir, werte Weberin, wenn ich es wüsste, würde ich ihn sofort dort abliefern!«

Kein Wunder, dass Rukar gestört war. Es musste alles andere als angenehm gewesen sein, hier groß zu werden.

Weberinnen wuchsen zwar ohne ihren Vater auf, kannten ihn jedoch, durften ihn besuchen oder zumindest beobachten. Aber auch ohne Vater waren sie immer von einer liebevollen Familie umgeben, in der jede für jede sorgte. Tegans Mutter war gestorben, als sie drei war. Natürlich fehlte sie ihr, doch die fürsorgliche Gemeinschaft im Turm hatte sie aufgefangen. Bei Wook gab es nur dehydriertes Leben.

Tegan starrte auf den Zettel.

Was wollte sie hier? Rukar ein blaues Auge schlagen? Er hatte sie gedemütigt, als er sie ausgeknockt hatte. Und einen ihrer Lieblingspullover ruiniert. Sie war hergekommen, um ihn zu strafen, doch ... wenn sie ehrlich war, hatte sie etwas anderes hergetrieben. Nämlich die Frage, warum sie seinen Faden nicht sah. Was sie nun über ihn erfahren hatte, verstärkte ihre Neugier noch ...

Entschlossen setzte sie den weichen Pinsel auf und begann zu schreiben. Das musste schrecklich für Rukar sein. Nicht zu wissen, wohin man gehörte – für eine Weberin unvorstellbar. Sie schnaubte, wütend auf sich selbst, weil sie Mitgefühl für diesen Dieb entwickelte.

Das spröde Papier sog die schwarze Tinte auf und ließ die Buchstaben wie eine fahrige Tuschzeichnung wirken. Sie faltete das Blatt und schob es dem Kami hin. »Sag ihm, ich weiß, was er getan hat. Ich werde seinen Faden finden und es wird mir Spaß machen, ein paar hübsche Knoten hineinzuweben.«

»Natürlich, verehrte Weberin.« Beflissen verbeugte der Kami sich erneut so tief, dass Tegan dachte, er kippe gleich auf seine flache Nase. Sie wandte sich zur Tür. Ein Dieb für die Unsterblichen! Sie musste Elaine informieren. Unbewusst griff sie nach dem Spiegel in ihrer Tasche. Sie trug ihn immer rechts. Nie links. Was, wenn er versucht hatte, in den Turm einzudringen? Es war ihm nicht gelungen. Völlig unmöglich. Aber warum hatte er es versucht?

Sie duckte sich, um durch die niedrige Tür zu gehen. Doch in dem Moment, als sie nach der Klinke griff, um den Laden zu verlassen, wurde die Tür geöffnet und Tegan stieß mit einem Kunden zusammen. Der murmelte eine überraschte Entschuldigung und drückte sich rasch an ihr vorbei.

»Nichts passiert«, gab sie zurück und schlüpfte ins Freie. Nur raus aus dem Mief und der Enge. Sie streckte sich vor der Tür und – die Stiefel! Sie hatte den Blick gesenkt gehalten, während sie hinausgetreten war. Von dem Kunden hatte sie nur die Füße gesehen – Lederstiefel! Tegan wirbelte herum und stürzte in den Laden zurück.

Der Kami zuckte zusammen, flammte lila auf und starrte sie mit tellergroßen Augen an. Der Perlenvorhang hinter ihm klimperte noch. Sie zögerte keinen Augenblick und rannte Rukar nach, allerlei vertrocknetes Zeug wegschlagend, das von der Decke hing und ihr ins Gesicht klatschte. Der Kami kreischte etwas, doch Tegan hastete schon in den Raum dahinter. Es war eine Art Lager. Wo war der Mistkerl hin?

Lauschend hielt sie inne. Rascheln. Glasklingen. Darauf bedacht, selbst kein Geräusch zu machen, umrundete sie einige Regale. Ganz hinten im Lager entdeckte sie ihn. Rukar stand an einem Regal und suchte irgendwelche Sachen zusammen. Am Boden, halb im Regal, lagen Decken und Kissen. In den Fächern darüber Bücher, eine Kaffeemaschine ... war das etwa sein ... Zimmer? Ein Regalfach im Lager des krötengesichtigen Kamis?

Sie schlich vorsichtig weiter, übersah dabei eine Kiste, die im Weg stand, und stieß dagegen. Ein kratzendes Geräusch hallte durch den Raum und Rukar fuhr herum.

In seinen Händen hielt er zwei goldglimmende Kugeln. Waren das etwa ...?

»Leg die hin!«, befahl sie ihm. Das waren Swipes! Lichtswipes! Tegans Herz begann zu wummern. Der Besitz dieser Magie war verboten. Und ... Litas Mum ... Eine Weberin ... und Rukar, der versucht hatte, in den Turm einzudringen ... Unsicher machte sie einen Schritt auf ihn zu. Hing das alles etwa zusammen?

Er zögerte, schien seine Optionen abzuwägen.

»Du hast mir einiges zu erklären!«, fuhr sie ihn an.

»Wir könnten einen Kaffee trinken gehen und gemütlich über Äon und die Welt quatschen.« Mit einem amüsierten Lächeln, das Tegan bis in die Haarspitzen hinein aufregte, befestigte er die beiden Kugeln an seinem Gürtel. »Du siehst ausgeschlafen aus. Freut mich.«

»Du Scheißkerl!« Tegan machte einen Satz auf ihn zu, aber Rukar war schnell. Bevor sie ihn erreichte, sprang er durch das kleine Fenster hinter ihm. Es führte auf ein schmales Dach.

Wütend versuchte Tegan, an das Fensterbrett heranzureichen, um sich ebenfalls hinauf- und durch das Fenster zu ziehen. Er beugte sich halb hindurch und sah zu ihr herab. »Na, na. Das ist nicht fair. Ich war sehr nett zu dir.«

»Komm sofort zurück, du ... du ...« Wütend nahm sie erneut Anlauf, doch sie schaffte es nicht, hoch genug zu springen, um das Sims zu packen. Wie hatte er das hinbekommen? Waren das seine Unsterblichen-Superkräfte?

Er grinste und hob die Hand zum Gruß. »Danke jedenfalls. Der Job war eine echte Herausforderung und ohne deine Hilfe hätte es nicht geklappt. Also –« Er deutete eine Verbeugung an. »Hab Dank!«

»Du Elender –« Endlich hatte sie das Sims zu greifen bekommen und zog sich mit aller Kraft hinauf.

Als sie es geschafft hatte, sah sie nur noch seine Silhouette. Rukars Umriss verschwand durch den Schleier, der das Kami-Viertel umschloss, und dann sprang er über die Dächer Londons, als wäre es das Einfachste der Welt.

Fluchend ließ sie sich zurück in den Lagerraum fallen und begann, Rukars Bett zu durchwühlen. Vielleicht fand sie einen Hinweis, irgendetwas, das ihr weiterhelfen konnte.

»Verehrte Weberin!« Für den eben noch so unterwürfigen Kami klang sein Tonfall außerordentlich scharf. Stand er schon länger hinter ihr?

»Du beherbergst einen Verbrecher!« Verärgert schleuderte sie eines der Kissen zurück in das Regal und warf dem Kami einen zornigen Blick zu. In einem der Fächer lagerten etliche magische Tricks. Eine Dose mit der Aufschrift *Verneblungszauber*, mehrere Phiolen *Windböen* und sogar eine Tinktur für *Steinschlag*.

»Ich muss Euch bitten, mein Lager zu verlassen«, zischte der Kami entschieden. »Mein Ruf ist makellos, da ich ausschließlich mit erstklassiger Ware handle. Ich kann nicht dulden, dass sie beschädigt wird.«

»Beschädigt?« Sie baute sich vor dem winzigen Wesen auf. »Drohst du mir jetzt etwa? Weißt du eigentlich, was dein Zögling hier gelagert hat? Illegale Magie!«

Der Kami blinzelte nicht mal. Offensichtlich war er genauestens informiert. »Verlassen Sie mein Geschäft.«

»Nur zu gerne!« Auf dem Weg hinaus nahm sie keine Rücksicht auf seine Ware, die von der niedrigen Decke baumelte. Rukar hatte Swipezauber.

Sie musste zu Elaine. Zu Lita. Denn Zufälle existierten nicht!

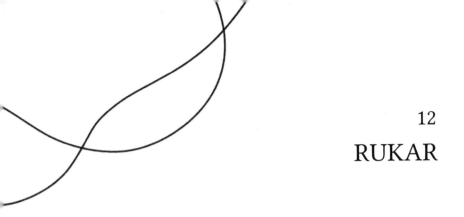

## 12
## RUKAR

Rukar atmete durch und lockerte sich. Er stellte sich breitbeinig hin, die Knie leicht gebeugt, sodass er notfalls gleich einen Sturz abfedern konnte.

Was, wenn er Tegan im Turm erneut über den Weg lief? Ein Schmunzeln umspielte seine Lippen. Offensichtlich war sie wieder fit. Als er sie in der Absteige verlassen hatte, war sie noch nicht bei Bewusstsein gewesen. Er hatte ihren Puls geprüft, um sicher zu sein, dass es ihr gut ging. Ohne jeden Zweifel war das der Fall. Ihre Erinnerung schien ebenfalls wieder da zu sein.

Und wenn sein Diebstahl im Turm bereits aufgeflogen war?

Diese Weberin, die er in den Baum gehängt hatte ... Lita ... sie hatte sicher alle alarmiert. Allerdings bezweifelte er, dass jemand die Totenfäden zählte. Selbst wenn sie wussten, weshalb er in den Turm eingebrochen war, musste man seine Tat als Kavaliersdelikt ansehen, denn war es nicht egal, ob der Faden zu Asche verbrannte oder in einem Kästchen verwahrt wurde?

Er wog die Kugel in seiner Hand.

Allerdings hatte Tegan ihm einen Riesenschreck eingejagt, als sie bei Wook in ihn hineingerannt war. Wie hatte sie ihn aufgespürt? Hatte sie doch einen Weg gefunden, seinen Faden zu lesen?

Dann durfte er keine Zeit mehr verlieren. Er hatte mit Misano den Handel per Handschlag besiegelt. Damit war er an sein Wort gebunden. Außerdem konnte er es nicht erwarten, endlich das Geheimnis seiner Herkunft zu erfahren!

Er mahnte sich zur Ruhe. *Konzentrier dich! Das ist kein Spaziergang.*

Momentan waren wenig Leute im St. James Park unterwegs. Verborgen hinter Büschen, nur beäugt von einigen Enten, drehte Rukar die goldfunkelnde Kugel in der Hand. Sie war in etwa so groß wie ein Tennisball und wog so viel wie eine Regenwolke. Hier, unter freiem Himmel, würde der Swipe hoffentlich niemandem auffallen.

Zum Glück hatte Rukar noch drei Swipezauber in seinem Vorrat gehabt. Nach diesem Auftrag musste er dringend zu Jin und sich neue besorgen. Jin war der einzige Unsterbliche, der den Schwarzmarkt mit solchen Zauberkompressionen bediente. Der Rat hatte deren Handel verboten. Zu viel Unfug konnte mit konservierten Zaubern angerichtet werden. Doch genau das war Jins Antrieb. Er liebte das Chaos. Und gerade jetzt konnte Rukar diese Taschenspielertricks gebrauchen.

Normalerweise dienten Rukar die Swipezauber als Notausgang. Jetzt brauchte er einen als Zugang. Denn den Schlüssel zum Weberinnenturm hatte er brav an Tegan zurückgegeben. Da er den Turm nun zum zweiten Mal besuchen würde, war es ihm aber möglich hineinzuswipen. Denn der Zauber brachte den Reisenden nur an ihm bekannte Orte.

Noch einmal sah er sich um, ob er unbeobachtet war, dann schleuderte er die Kugel vor seine Füße. Die Hülle platzte auf, sofort explodierte das Licht und strudelte ihn ein. Inzwischen war er an den Effekt, dass sein Körper die Orientierung verlor und der Magen verrücktspielte, gewöhnt. Für ein, zwei Sekunden war er zwar orientierungslos, doch die (im wahrsten Sinn) üblen Zeiten waren vorbei.

Im selben Moment, in dem ihn das Licht verschlungen hatte, spuckte es ihn auch schon wieder aus. Mitten in die Krone des Schicksalsbaums. Geistesgegenwärtig packte Rukar den erstbesten Ast, bevor die Schwerkraft einsetzen und ihn zum Absturz bringen konnte. Mit einem Klimmzug zog er sich hinauf und sah sich um.

Er schob einen Zweig beiseite und spähte durch das dichte Blattwerk. Unter sich konnte er die weißen Stufen der Treppe ausmachen. Zwei Weberinnen kamen gerade herauf, sie trugen einen vollen Korb mit Schicksalsfrüchten. Sein Auftauchen war anscheinend nicht bemerkt worden. Hoffentlich blieb es dabei.

Flink wie ein Eichhörnchen suchte Rukar sich einen Weg durch die Äste hinauf zur Spitze. Von den Tauben wusste er, dass sich dort oben Elaines Zimmer befanden. Wehe, wenn die Alte nicht zu Hause war. Er hatte keine Lust, im Turm auf ihre Rückkehr zu warten. Es wäre nur eine Frage der Zeit, bis ihn jemand entdeckte.

Ein paar Minuten später öffnete er lautlos die Tür zu Elaines Loft und schlüpfte hinein. Wow. Was für eine Wohnung! London lag Elaine zu Füßen! Kurz spulte er die Zeit vor, um zu sehen, ob jemand hier war. Doch die Räume waren leer. Leider fand er auch keine Spur von Elaine. Na großartig. Ungeduldig schlenderte er zu den bodentiefen Fenstern und blickte auf die Stadt hinab.

Der Turm war viel höher als von außen sichtbar. Die Stadt pulsierte unter ihm voller Leben. Autos schoben sich durch die Straßen, Schiffe zogen Wellen durch das glitzernde Band der Themse. Eine Weile verlor er sich in der Aussicht, überlegte, ob er sich eine Wohnung mit Sicht auf den Fluss leisten konnte. Sein Blick blieb am London Eye haften. Weiß leuchtete es zu ihm herüber.

*Gondel 13.* Für Menschen existierte sie nicht. Wie hatte seine Mutter ihn dort ablegen können? Hatte sie einen Helfer gehabt?

In wenigen Stunden würde er die Wahrheit kennen.

Er wandte sich ab und durchstöberte das großzügige Loft. Elaine schien Erstausgaben von Büchern zu sammeln, ansonsten gab es wenig, das etwas über sie als Person verriet. Sie mochte Tee, nach der Vielzahl an Teedosen zu urteilen, die auf einem Regal in der Küche aufgereiht war. Benutztes Kochgeschirr stand neben dem Herd. Anscheinend war sie nicht sehr ordnungsliebend. Neugierig warf er einen Blick in den Kupferkessel. Etwas Aufgeweichtes, Graues und Quabbeliges dümpelte darin. Am Rand des Kessels klebten noch Nebelfetzen und – waren das Spiegelspäne? Rukar lebte lang genug bei Wook, um zu wissen, dass hier ein mächtiger Trank gebraut worden war. Alarmiert sah er sich um. Natürlich! Mit Sicherheit wusste Elaine, dass er kommen würde. Sie war die Oberste Weberin – kannte sie nicht das Schicksal jedes Menschen? Außerdem war sie sicher von Tegan und dieser Lita gewarnt worden.

Die Hand locker am Gürtel, die Swipekugel griffbereit, schlich Rukar weiter. Angespannt lauschte er auf jedes Geräusch. Doch ihn umgab absolute Stille.

Hinter dem Paravent lag das Schlafzimmer. Elaines Bett war ordentlich gemacht. Keine Spur von der Obersten Weberin.

Blieb nur noch der Raum daneben. Vorsichtig betrat er die Kammer, die mit Teppichen vollgestopft war. Sie lagerten in Regalen, einer war auf einem Tisch in der Mitte des Raums ausgerollt.

Als Rukar an den Tisch trat, stieß er mit dem Fuß gegen ein leeres Fläschchen, das auf dem Boden lag. Es kullerte ein Stück, bevor er es aufhob und prüfend daran roch. Was auch immer darin gewesen sein mochte, es war von magischer Natur gewesen. In solchen Flakons wurden auf dem Schwarzmarkt in den Vaults Elixiere gehandelt. Er stellte ihn auf den Tisch und musterte den ausgerollten Teppich. Wie ärgerlich, dass er Tegan alle Weberinnenutensilien zurückgegeben hatte. Zu gerne hätte er mithilfe der Brille einen Blick auf den Stoff geworfen. Seine Farben waren harmonisch, ineinanderfließend, bis sie am Ende explodierten und sich gegenseitig versuchten zu verdrängen. Etwas wehmütig ließ er seine Finger über diesen Teil gleiten. Könnte er bloß lesen, was dort zu sehen war!

Er wandte sich zu dem riesigen Wandteppich. Es musste eine wichtige Prophezeiung sein, wenn Elaine ihn hier so ausstellte. Die Fäden wirkten alt, fühlten sich spröde an. Da bemerkte er eine kleine Rolle Stoff, die am Boden lag, halb vom Wandteppich verdeckt. Er kniete sich hin und betrachtete sie. Unter ihr waren bogenförmige Schleifspuren auf den Fliesen zu sehen.

»Was haben wir denn hier ...?« Neugierig hob er den Wandteppich an. Die Schleifspuren stammten eindeutig von einer versteckten Tür!

Rukar richtete sich auf und schob den Wandteppich, so weit er konnte, zur Seite. Eine schmale Fuge zeichnete sich in der Tapete ab. Eine Geheimkammer?

Lauschend drückte er sich an die Tür. Geräusche klangen dumpf hindurch. Waren das Schritte?

Sorgsam tastete er die Wand ab, bis er den Druckmechanismus fand, der die Tür aufspringen ließ. Er zog sie auf und blieb im Rahmen stehen. Dieser geheime Raum glich einem Gefängnis. Keine Fenster, nur ein mattes Ewigkeitslicht und ein morscher Tisch mit zwei klapprigen Stühlen.

Eine grauhaarige Frau fuhr zu ihm herum. Sie war offenbar auf und ab gelaufen. Freudig und erleichtert sah sie ihm entgegen, dann jedoch wich sie verwirrt vor ihm zurück. »Wer bist du?«

Rukar verbeugte sich. »Ich bin Rukar. Und Sie sind Elaine. Es freut mich, Sie gefunden zu haben.« Er fragte wohl besser nicht, warum sie sich hier versteckte. Vielleicht vor ihm. Dem bösen Halbblut, das heute schon zum zweiten Mal in den heiligen Turm eingedrungen war.

»Woher – egal. Schnell.« Sie eilte auf ihn zu, wollte aus dem Raum. Aber Rukar trat vor und ließ die Tür hinter sich ins Schloss fallen.

»Nein!«, kreischte Elaine und sprang vor. Doch zu spät. Das Türblatt hatte sich schon wieder lückenlos in die Wand eingefügt. »Du Narr!« Kraftlos schlug sie mit der

Faust dagegen. Sie sah müde und verweint aus. Offenbar saß sie nicht freiwillig in diesem Zimmer.

Auf dem Tischchen standen ein Teegedeck und Muffins. Eine Tasse war leer, die andere in Scherben daneben. Ihr Gast hatte sie anscheinend alleine zurückgelassen.

»Sind das Blaubeermuffins?«, fragte er.

»Wie kann man so unglaublich dumm sein und eine offensichtliche Geheimtür hinter sich zufallen lassen!«, fuhr sie ihn an.

»Haben Sie etwas dagegen, wenn ich mir einen nehme?« Sie sahen köstlich aus. Und er war wirklich hungrig. Es war wohl tatsächlich einfach, die Oberste Weberin zu entführen. Er konnte sich Zeit lassen. Hier kam niemand so schnell herein, um ihn davon abzuhalten. Und Elaine konnte ihm nicht weglaufen.

Der Blick der Obersten Weberin hätte ihn in Asche verwandelt, wenn sie die Macht dazu besessen hätte. Doch sie war nur eine hilflose alte Frau ohne Magie. Ganz wie Misano gesagt hatte. Rukar nahm sich einen Muffin, entfernte die Papiermanschette und biss hinein. »Oh. Die sind sehr gut!« Ein herrliches Blaubeeraroma breitete sich in seinem Mund aus. Für seine Wohnung würde er sich einen Backofen zulegen, schoss es ihm durch den Kopf. Ob er ein guter Bäcker war?

»Ja, genieß ihn. Es wird für lange Zeit das Letzte sein, das du zu essen bekommst.« Erschöpft ließ sich Elaine auf einen der Stühle sinken.

»Danke, aber ich glaube, ich werde mir nachher noch einen Cookie zu meinem Kaffee gönnen. Kennen Sie die Caramel-Cream, die sie bei –«

»Wie bist du in den Turm gekommen?«, unterbrach sie ihn harsch.

Er lächelte und schleckte sich einen Krümel vom Finger. »Sollten Sie sich nicht eher dafür interessieren, wie ich wieder hier herauskomme?«

»Was bist du für einer? Kommst dir sehr schlau vor.«

Er bemerkte ihren Blick. Typisch Weberin – sie versuchte, seinen Faden zu sehen. »Und? Was lesen Sie? Wissen Sie jetzt, was gleich passiert?« Seine Hand glitt zum Gürtel und öffnete das Täschchen, in dem sich der Swipe befand.

Scharf sog sie die Luft ein, als sie erkannte, was er in der Hand hielt. »Für wen arbeitest du?«

»Kommen Sie einfach mit. Ich stell Sie ihm vor. Er kann es kaum erwarten, Sie zu treffen.«

»Ist es Jin?«, fragte sie scharf.

Rukar lachte. »Ah, Sie kennen ihn wohl gut. Aber ich muss Sie enttäuschen. Ausnahmsweise ist es nicht Jin, der irgendetwas ausheckt.« Er trat auf sie zu, packte ihre Hand und zog sie vom Stuhl hoch.

»He! Lass das! Lass mich sofort –«

Er hielt den Swipe vor ihr Gesicht. Ungeduldig flackerte das Licht darin. »Ich bin Ihr Taxi hier raus, Elaine. Freuen Sie sich. Der Trip ist kostenfrei.« Damit schleuderte er die Kugel vor ihre Füße und sofort zerrte das Licht sie in sich hinein.

# 13
# TEGAN

Tegan platzte wie ein Sturm in den Aufenthaltsraum. »Winnie!«, rief sie atemlos und die junge Weberin mit den kupferroten Haaren schaute erstaunt hinter der Lehne des Lesesessels hervor.

»Tegan. Was ist los?«

»Ich brauch dich! Jetzt! Schnell!«

Hastig suchte Winnie sämtliche Stoffe zusammen, in denen sie gerade geschmökert hatte, stopfte sie in ihre Tasche und eilte mit Tegan nach draußen. »Was ist denn passiert?«

Tegan rannte den Weg Richtung Treppe hinunter. »Wenn ich das wüsste. Aber es ist garantiert nichts Gutes. Elaine ist nicht da!«

Rennen war im Turm zwar nicht untersagt, aber niemals nötig. Deshalb folgten ihr erstaunte Blicke der anderen Weberinnen. Winnie, noch immer damit beschäftigt, ihren Lesestoff ordentlich in die Tasche zu stopfen, versuchte, mit ihr Schritt zu halten. »Elaine? Lita wollte zu ihr. Wegen diesem Fremden.«

»Ein Fremder?« Tegan blieb abrupt stehen und wirbelte zu Winnie herum.

Deren Locken standen zerzaust in alle Richtungen ab

und sie sah mitgenommen aus. Als hätte sie Stunden über einem Problem gebrütet, sich die Haare gerauft, das Gehirn zermartert, jedoch keine Antwort gefunden. »Lita hat einen Fremden im Turm getroffen. Ein Mann! Er hat sie gefesselt und in den Baum gehängt.« In ihren Augen blitzte Furcht auf. »Ich weiß, dass das völlig unmöglich ist. Aber – ich hab sie gefunden. Sie hat sich sicher nicht selbst so gefesselt.«

Voller Entsetzen starrte Tegan sie an. Ein Mann? Nein. Wie sollte das möglich sein? »Er hat sie –« Sie räusperte sich. Sie wagte gar nicht zu fragen, ob Lita den Mann beschrieben hatte. »Wo ist Lita?«

»Na, ich dachte, bei Elaine ...«

Nervös kaute Tegan auf ihrer Lippe. »Auf mein Klopfen hat Elaine nicht geöffnet.« Rukar hatte erst sie, dann Lita ausgeschaltet. Wie auch immer er es in den Turm geschafft hatte. Aber er besaß Swipes. Tegan würde ihren Urlaub darauf verwetten, dass er Litas Mutter entführt hatte.

Winnie senkte ihre Stimme. »In den letzten Stunden hab ich alle möglichen Prophezeiungen durchgestöbert. Noch nie ist ein Mann in den Turm eingedrungen. Und –« Sie stockte. Anscheinend traute sie sich nicht, das auszusprechen, worüber sie sich offensichtlich Sorgen machte. »Wo warst du, Tegan?«

Sie zögerte. Es beschämte sie, was passiert war. Es war dumm von ihr gewesen, sich von Rukar auf einen Kaffee einladen zu lassen. Sie hätte viel vorsichtiger sein müssen, nachdem sie bemerkt hatte, dass sie seinen Faden nicht sehen konnte. Sie atmete kurz durch. Unfug. Das Schicksal bekam immer seinen Willen!« Ich war dort, wo das Schicksal mich haben wollte. Ich schätze, es ist meine Schuld, dass der Typ hier eingedrungen ist und Lita überfallen hat.«

Winnie presste die Lippen zusammen und starrte finster den Schicksalsbaum an. »Du kannst nichts dafür. Irgendwo hat Äon diesen Einbruch vorherbestimmt. Es musste so passieren. Lita hat ihn angesprochen, weil sie dachte, du wärst es. Er trug deine Klamotten.«

Tegan nickte. Seine Verkleidung erklärte zwar nicht, wie er in den Turm gelangt war, denn allein der Spiegelschlüssel ließ einen Fremden nicht hinein. Er musste eine Einladung haben oder begleitet werden ... »Ich wüsste nur zu gerne, was er bei uns gesucht hat.«

»Ich bin mir sicher, Elaine weiß über alles Bescheid. Sie muss diese Prophezeiung ja kennen.«

Nervös schob sie Winnie an und eilte weiter. »Irgendetwas geht vor sich, Winnie. Ich habe keine Ahnung, wo das hinführen soll und warum die Unsterblichen in unseren Turm wollen. Aber wir müssen etwas unternehmen.«

»Unsterbliche?« Winnie schloss zu ihr auf.

»Der Typ arbeitet für sie. Sein Überfall auf mich, der auf Lita, vielleicht sogar Hanna – die sind sicherlich nicht auf seinem Mist gewachsen.«

Eine tiefe Falte hatte sich auf Winnies Stirn gebildet. »Und Elaine ist nicht da? Warum informiert sie uns nicht? Äon muss ihr doch dazu etwas gesagt haben!«

Tegan schwieg. Elaine hatte den Turm verlassen oder war zumindest nicht in ihrem Loft. Vielleicht verhandelte sie gerade mit dem Rat der Unsterblichen. Sie waren die

Einzigen, die einen verrückten Unsterblichen stoppen konnten.

»Hat der Typ Lita etwas getan?«, murmelte Tegan besorgt. Endlich hatten sie die Plattform erreicht, auf der das Archiv lag.

»Abgesehen davon, dass er sie in den Baum gehängt hat, war sie unverletzt. Aber der Typ soll ihr bloß nicht noch mal zu nahe kommen.«

»Mir auch nicht«, zischte Tegan. »Er hat mir K.-o.-Tropfen in den Kaffee getan und mich ausgeraubt.« Sie rannte auf das Archiv zu. »Ich konnte seinen Faden nicht sehen, Winnie. Nach dieser Aktion sind unsere Schicksale verbunden, vielleicht auch noch weiterhin. Aber er ist ein Halbblut. Und er arbeitet für Jin. Oder Misano. Oder irgendeinen anderen dämlichen Unsterblichen.«

»Ach du heiliger Faden!« Winnie gab Gas. »Was hast du vor?«

Tegan stieß die Archivtür auf und schob Winnie hinein. »Er ist ein Halbblut, also gibt es eine Prophezeiung über ihn.«

»Verstanden«, flüsterte Winnie, strich ihre Haare glatt und setzte ein freundliches Lächeln auf. Denn die Archivarin, die hinter einem langen Tisch saß, auf dem sich Stoffrollen stapelten, musterte die beiden bereits missbilligend. Winnie legte den Finger an die Lippen und sah Tegan mahnend an.

»Guten Tag, Xaria«, begrüßte Winnie die Frau. »Ich bin mit denen durch. Ich trag sie aus, okay?«

»Nein, gib sie mir.«

Winnie trat an den überfüllten Tresen und zog eine Rolle

nach der anderen aus ihrer Tasche. »Ich schau mich dann gleich noch mal um.«

»Meinst du nicht, du hast heute schon genug gelesen?«, fragte Xaria genervt.

»Offen gesagt, nein, denn mir fehlt noch immer die Antwort auf meine Frage. Aber danke.« Sie knickste, packte Tegan und zog sie mit sich.

»Sie mag dich«, murmelte Tegan.

Winnie grinste. »Ich bin die, die ihr die meiste Arbeit macht.«

»Benehmen Sie sich, Miss Winnie! Kein Rennen und Klettern in den Archiven!«, rief Xaria ihnen hinterher.

»Klettern?«, fragte Tegan irritiert, doch Winnie verdrehte nur die Augen.

»Wir haben zu wenig Leitern«, stellte Winnie nüchtern fest. »Deshalb braucht es hin und wieder kreative Lösungen. Xaria wird bei jeder Art von Kreativität aber wirklich sehr, sehr sauer.«

Auch im Archiv bewirkte Magie, dass sich der Raum in die Unendlichkeit dehnte. Dicht an dicht reihten sich meterhohe Regale. Um das Gewicht der Teppiche zu tragen, waren sie aus starken Holzbohlen gezimmert. Sie flankierten den Hauptweg, der schnurgerade bis in die Unendlichkeit führte.

Im vorderen Bereich, den Tegan und Winnie gerade durchquerten, wirkten die Rollen schmal und aus meist hellen Fäden gewoben. Doch je tiefer sie in den Raum liefen, umso dicker und düsterer erschienen Tegan die Prophezeiungen. Aber vielleicht war es auch nur ihre Laune, die sich so verdunkelte. Denn sie hatte gehofft, Rukars Teppich schnell zu finden. Sie war so gut wie nie im Archiv. Das letzte Mal während ihrer Ausbildung. War es hier schon immer so übervoll und unübersichtlich gewesen?

»Wie alt ist der Typ?«, fragte Winnie leise. Alle paar Regale standen Studiertische und Lesesessel, über denen Ewigkeitslichter schwebten. Winnie nickte zwei Mädchen in ihrem Alter zu, an denen sie vorbeieilten. Die beiden machten sich gerade Notizen zu einem Teppich, den sie auf einem Tisch ausgerollt hatten.

»Keine Ahnung«, meinte Tegan. »So alt wie ich? Auf keinen Fall älter.«

Winnie nickte und schwenkte abrupt nach rechts. »Sie sind chronologisch geordnet«, erklärte sie ihr. »Es gibt auch ein Verzeichnis, darin könnten wir nach seinem Namen suchen. Ich nehme an, du kennst ihn?«

»Diesen Namen werde ich in meinem Leben nicht mehr vergessen!« Übertrieben laut schnaubte Tegan und knurrte noch einen Fluch hinterher.

Eine ältere Weberin, die mit einem Handwagen Teppiche schob, um sie wieder einzusortieren, stand ihnen plötzlich im Weg. Sie räusperte sich mahnend und musterte die beiden ärgerlich.

»Alles gut, Prudence.« Winnie verbeugte sich vor der Archivarin. »Wir benehmen uns.«

Auch Tegan verneigte sich und folgte Winnie dann eilig. Prudence schob ihren quietschenden Wagen weiter, der sich unter der Last der Teppichrollen bog.

»Sein Name ist Rukar«, flüsterte sie ihr im Gehen zu.

»R– alles klar.« Winnie führte sie zu einer Wand aus

Schubladen. Sie reichte sicherlich acht Meter, wenn nicht mehr, in die Höhe und zog sich vier Regalreihen entlang.

Tegan legte den Kopf in den Nacken. Sie erinnerte sich düster an eine Unterrichtsaufgabe, bei der sie einen Namen suchen und die betreffende Prophezeiung finden sollten. Diesen Teil des Kurses hatte sie nicht bestanden.

»Zum einen ist das Verzeichnis in Jahrhunderte unterteilt.« Winnie zeigte auf römische Zahlen, die in der obersten Reihe, knapp unter der Zimmerdecke, angebracht waren. »Und dann sind die Personen alphabetisch sortiert. Das Gute ist, dass er als Halbblut keinen Nachnamen hat. Wenn wir ihn also nicht unter R finden ...«

»... ist es nicht sein wahrer Name.«

»Oder er ist kein Halbblut.«

»Er ist ein Halbblut. Die Kami hassen ihn. Er muss im Regalfach eines Lagerraums leben.«

Fragend sah Winnie sie an.

»Er ist zwanzig Jahre oder so und fit wie sonst was. Er ist über die Dächer davon, als wäre es ein Spaziergang.«

»Also hat er die Kraft seines Vaters geerbt.« Winnie holte eine Leiter heran, die in einer Schiene an den Karteischubladen entlangfuhr. Wieselflink kletterte sie die Sprossen hinauf.

Ungeduldig beobachtete Tegan sie dort oben in schwindliger Höhe, bis ihr Nacken zu schmerzen begann.

Leider hatte sie sich nie besonders für die Unsterblichen interessiert. Sonst hätte sie vielleicht von Rukars Fähigkeiten Rückschlüsse auf seinen Vater ziehen können.

»Hab ihn!«, jubelte Winnie und rutschte die Leiter hinunter.

»Vorsicht!« Tegan sprang zur Leiter, um Winnie aufzufangen. Doch die landete locker federnd auf dem Parkett. »Was ist?«, fragte sie irritiert, als sie Tegans blasses Gesicht und schockierten Blick bemerkte.

»Mach das nicht noch mal«, murmelte Tegan. Nun verstand sie, was die Archivarin meinte, als sie Winnie wegen des Kletterns ermahnt hatte. Winnie fand nicht nur im Schicksalsbaum ihre Abkürzungen, auch im Archiv vermied sie die normalen Wege.

»Was, das mit der Leiter?« Winnie lachte auf. »Klettern ist doch der größte Spaß!«

Tegan zupfte ihr die Karteikarte aus der Hand und warf einen Blick darauf. Dort standen jedoch nur Buchstaben und Zahlen geschrieben. Verzweifelt seufzte sie. »Das hab ich doch schon damals in der Prüfung versemmelt!«

Sie drehte Winnie die Karte hin. »Sag mir bitte, dass du weißt, wo das ist.«

Winnie warf einen kurzen Blick auf die Angaben und winkte Tegan, ihr zu folgen.

Sieben Regale und fünf Reihen weiter blieb sie stehen.

»Hier muss der Teppich irgendwo sein.«

Tegan blickte nach oben. »In welchem Fach?«

»In irgendeinem von diesen.« Winnie machte eine vage Wischbewegung mit der Hand, die alle Fächer vom Boden bis zur Decke einschloss.

Tegan unterdrückte ein Fluchen. Die Fächer waren mit Rollen vollgestopft! Kein Staubflusen hätte mehr dazwischengepasst.

»Na wunderbar.« Tegan zerrte an der Rolle direkt vor sich. Sie musste sich mit der Schulter gegen das Regal stemmen, um den Teppich herauszuziehen, so voll war das Fach. *Den krieg ich da nie wieder rein*, dachte sie, während sie ihn entrollte. Er war gerade mal so groß wie ein Handtuch. Sie drückte sich ihre Brille auf die Nase und betrachtete ihn. Es war eindeutig eine Prophezeiung für eine Frau. Und diese hatte wohl im letzten Jahrzehnt gelebt, der Kleidung nach zu urteilen. Sie rollte den Teppich wieder ein und legte ihn auf den Boden.

Winnie hatte sich erneut eine Leiter geholt, sie gegen das Regal gelehnt und mit dem obersten Fach angefangen. Die beiden arbeiteten schweigend und bald türmten sich mehr Teppichrollen auf dem Fußboden als in den Fächern.

Immer höher wuchs das Gebirge. Irgendwann machte Tegan sich nicht mehr die Mühe, die Teppiche wieder zusammenzurollen, sondern warf sie auf den Haufen.

»Hier unten war nichts.« Ratlos blickte sie in die leeren Fächer. Sie hatte sich jeden Teppich angesehen. War sie zu schlampig gewesen? Hatte sie ihn übersehen? »Er ist nicht hier!« Frustriert setzte sie sich zwischen die ausgeräumten Teppiche. Der Berg überragte sie um gut einen Kopf.

»Doch. Er muss hier sein«, antwortete Winnie über ihr. Aber auch sie hatte bereits alle Rollen durchgesehen. »Wenn es eine Karteikarte gibt, gibt es auch einen Teppich. Der Teppich wird geknüpft, sobald das Schicksal aus dem Orakel kommt. Xaria erhält ihn, schreibt die Karteikarte und bringt die Rolle an ihren Platz.« Nachdenklich musterte Winnie die Fächer.

»Also willst du damit sagen, dass Xaria Rukars Teppich falsch einsortiert hat?« Tegan zupfte erschöpft eine Fluse von ihrem Mantel. Sie trug noch immer nur das dünne

Trägertop darunter. Es war keine Zeit gewesen, um sich einen frischen Pullover zu holen.

Winnie schüttelte empört ihre roten Locken. »Nein! Niemals. So ein Fehler passiert keiner Archivarin. Und ihr doppelt und dreifach nicht.« Eine Falte hatte sich zwischen ihren Brauen gebildet.

Tegan kam es so vor, als nähme sie das Nicht-Auffinden von Rukars Prophezeiung persönlich. Das Archivwesen war Tegans schlechtestes Fach gewesen, aber eins wusste sie ganz sicher: Es gab keine Zufälle. Alles, was geschah, war Äons Wille. Vielleicht hatte es nicht für jeden Regenwurm den Lebensweg vorherbestimmt. Aber ganz sicher für jedes Halbblut. Und das, was in den letzten Stunden passiert war – hatte Äon mit Sicherheit auch geplant. Sauer trat sie nach einem Teppich. Warum? Was bezweckte es damit? »Wir sollen Rukars Teppich nicht finden«, meinte sie grummelnd. »Komm runter, Winnie. Mischen wir uns nicht weiter in Äons Pläne ein.«

»Wie bitte? Das kommt überhaupt nicht infrage!«, rief sie herunter. »Ich glaube nicht, dass all dieser Mist geplant ist. Elaine hätte uns gewarnt. Irgendwas ist passiert. Vielleicht ist Äon ...«

»... gestorben?« Tegan verkniff sich ein Lachen. Das oberste Wesen war vermutlich noch unsterblicher als die Unsterblichen.

»... entführt worden?«, meinte Winnie unsicher.

Jetzt musste Tegan wirklich lachen. »Du meinst, Rukar ist zu ihm geswipt und hat es von wo auch immer entführt? Weil ...«

»Weil er ein Dieb ist und es seine Bestimmung ist!« Jetzt

fing auch Winnie an zu kichern. »Aber Äon hat einen Fehler gemacht. Es hat nicht bedacht, dass sein Superdieb auch Äon selbst klauen könnte.«

»Verdammt!« Tegan sprang auf und rempelte aus Versehen die Leiter an. Sie wackelte und Winnie hielt sich geistesgegenwärtig am Regal fest.

»Achtung!«, rief sie, als die Leiter zur Seite kippte. Tegan wich gerade noch rechtzeitig aus, bevor das Ding geräuschlos auf den Berg Teppichrollen fiel. »Alles okay mit dir, Tegan?«

»*Rukar* hat seinen Teppich geklaut!«, zischte Tegan zu Winnie hinauf.

»Was?« Winnie hing in zwei Metern Höhe am Regal und suchte mit den Füßen Halt. »Niemals! Er mag in den Turm eingedrungen sein, aber niemals ist er unbemerkt ins Archiv gekommen! An Xaria kommt keiner ungesehen vorbei. Glaub mir!«

»Er war verkleidet und sah aus wie ich!« Sie streckte Winnie die Hände hin, um ihr herunterzuhelfen.

Doch Winnie wollte anscheinend gar nicht vom Regal. »Sekunde. Schieb mich mal höher.«

»Ich will dir runterhelfen!« Ungeduldig streckte sie ihr die Hand entgegen. »Wir müssen Elaine suchen. Hier werden wir keine Antworten finden.«

»Nein, warte. Schieb mich mal.« Winnie strampelte mit den Beinen, um Schwung zu bekommen. Offenbar wollte sie in das Regalfach hineinkriechen.

Mit einem Seufzer stieg Tegan auf die Teppichrollen und drückte Winnie mit den Schultern weiter hinauf. Die zog sich auf das Regalbrett und schob sich hinein.

Tegan hörte kurz darauf ein Stöhnen, denn Winnie schien mit irgendwas zu kämpfen. Plötzlich ging ein Ruck durch sie und Tegan fürchtete schon, sie würde rückwärts aus dem Regal fallen. »Fang!« Winnie warf einen verknitterten Stoff herunter.

Verblüfft fing Tegan ihn auf, während Winnie im selben Moment neben ihr landete. »Höhenangst hast du keine, oder?«

Winnie grinste nur und nahm Tegan den Stoff ab. »Der war ganz hinten hineingequetscht. Unmöglich zu finden, wenn wir nicht alle Teppiche herausgenommen hätten.« Sie breitete die Prophezeiung auf den gestapelten Rollen aus und setzte ihre Brille auf.

Die Nase so dicht über dem Stoff, als wollte sie hineinkriechen, fuhr Winnie die Fäden entlang. »Ich glaube, wir haben Rukar gefunden. Zumindest – ach du heilige Garnrolle!«, wisperte sie plötzlich.

»Was?« Tegan setzte sich ebenfalls ihre Lesebrille auf und schob Winnie zur Seite, die völlig erstarrt auf den zerknitterten Stoff blickte.

»Er – das – sieh doch nur!« Schaudernd deutete Winnie auf die obere Ecke der Prophezeiung. Oder besser gesagt auf die fehlende Ecke. Jemand hatte ein Stück aus dem Teppich herausgerissen.

Verblüfft hob Tegan den Stoff hoch und spähte über den Rand der Brille, um ihn aus der Nähe zu untersuchen. »Die Fäden sind glatt gekappt. Jemand muss einen Teil herausgeschnitten haben.«

Winnie war fassungslos. »Wer zerschneidet denn eine Prophezeiung?« Ihr Tonfall ließ keinen Zweifel daran, wie abscheulich und unvorstellbar so eine Tat für sie war. Mit zitternden Fingern fuhr sie an der Kante entlang, als sei sie eine grässliche Narbe. »Seine Geburt und Kindheit sind entfernt worden.«

Ein ungutes Gefühl knüllte sich in Tegans Magen zusammen. Keine Weberin würde eine Prophezeiung zerschneiden. Sie schob ihre Brille zurecht und betrachtete das Gewebe durch die Gläser. Eine dichte Nebelbrühe waberte über den Fäden. Na wunderbar! Fluchend drückte sie es Winnie vor die Brust. »Ich hab's geahnt!«, schimpfte sie. »Das ist so zum –«

»Scht!« Winnie schubste sie und drängte sie den Gang hinunter. »Lass uns verschwinden.« Rukars Prophezeiung stopfte sie in ihre Tasche und sah sich besorgt um.

Jetzt hörte auch Tegan das Quietschen. Die Archivarin mit dem Wägelchen! Sie kam mit ihrem Handwagen direkt auf den Gang zu. Tegans Blick fiel auf das Chaos, das sie angerichtet hatten. An die hundert Teppiche lagen kreuz und quer vor dem leeren Regal. Sie wollte gar nicht an das Donnerwetter denken, das ihnen drohte. Hastig nickte sie Winnie zu, dass sie verstanden hatte, und folgte ihr im Zickzack immer tiefer in das Archiv. Je weiter sie hineinliefen, umso düsterer und kälter wurde es. Schummrige Ewigkeitslichter beleuchteten den Hauptweg gerade hell genug, dass Tegan den Weg erahnen konnte. Die Luft roch staubig und sie meinte, Spinnweben an den Regalen schimmern zu sehen.

»Hier kommt so gut wie nie jemand her. Diese Prophezeiungen sind inzwischen Geschichte.« Winnie huschte in einen Seitengang und präsentierte Tegan stolz ein Fenster.

Ein goldgelber Lichtstrahl, in dem Staub tanzte, zeichnete einen Punkt auf die alten Holzdielen.

»Da willst du raus?« Kopfschüttelnd betrachtete Tegan das runde Fenster. Passten sie da überhaupt durch?

»Ich sag dir: Du *willst* nicht bei Xaria vorbeigehen. Prudence hat sie sicher schon über unseren verantwortungslosen Umgang mit den Prophezeiungen unterrichtet. Sie warten am Eingang auf uns. Das wird kein freundlicher Empfang!«

Tegan trat an das Bullauge heran und spähte hinaus. Vermutlich war es im letzten Jahrhundert zuletzt gesäubert worden. Sie konnte nicht erkennen, wohin es führte. »Und du bist dir sicher –«, setzte sie an, doch Winnie schob sie entschlossen zur Seite.

»Ja, ich bin mir sehr sicher, dass ich Xaria und Prudence vorerst nicht über den Weg laufen will.« Sie zerrte am Griff des Fensters. Er war angerostet und erst mit vereinten Kräften gab er knirschend nach und das Fenster schwang auf.

»Du zuerst«, meinte Tegan, doch da hatte sich Winnie schon auf das Sims und durch das Fenster gezogen. Sie stand einen Meter unter dem Fenster auf einem Ast.

Die Wand des Archivs reichte fast bis an die gläserne Hülle des Turms heran. Doch der Schicksalsbaum streckte auch in diesen schmalen Zwischenraum seine Zweige, sodass es sogar recht einfach war, aus dem Fenster zu klettern.

Dennoch stellte sich Tegan etwas ungeschickt an. Was tat sie denn hier? Aus dem Archiv ausbrechen, das sie verwüstet hatte! Mit Sicherheit würde ihr das Turmarrest einbringen. Jackson würde vergebens auf sie warten. Bei dem Gedanken zog etwas in ihrer Brust. Sie atmete tief durch, um dieses Gefühl von Verlust zu vertreiben, aber es biss sich nur noch tiefer fest.

»Los, beeil dich! Wir müssen Elaine finden! Vielleicht ist sie ja inzwischen zurück«, drängelte Winnie.

Tegan hoffe inständig, dass die Oberste Weberin wusste, was vor sich ging. Dass Rukar nur ein dummes Halbblut war und dass Äon nichts Fürchterliches geplant hatte. Und dass Rukars Überfall auf sie der einzige Grund war, weshalb seine Prophezeiung für sie unlesbar war.

# 14
# LITA

Lita starrte auf den Torbogen der Ruine, durch den ihre Mutter vor wenigen Minuten verschwunden war.

Vier Stunden. Vier Stunden sollte sie warten, hoffen und bangen, dass sie ihre Mutter wiedersah.

Unfähig, sich zu bewegen, stand Lita da und fixierte den Durchlass. Sie klammerte sich an das Bild ihrer Mutter, wie diese sich ein letztes Mal zu ihr umgedreht hatte, lächelnd, bevor sie hinter dem Mauerwerk verschwand. Ein goldenes Herbstblatt segelte zu Boden. Autohupen drangen zu ihr von der Welt außerhalb der Kirchenruine.

*Dieser ganze Schicksalskram ist doch der reine Irrsinn.* Elaine hatte sich in eine Interpretation dieses blöden Spruchs verrannt. Und Hanna ganz genauso. War ihr nicht bewusst, dass ihr Schicksal kein Ziel mehr hatte? Hannas Faden lief lose durch das Weltengeflecht, seit sie vor siebzehn Jahren hätte sterben sollen. War sie dann nicht auch eine Schicksallose?

Am liebsten hätte Lita ihren Frust und ihre Angst rausgebrüllt. Doch dazu fehlte ihr der Mut. Inzwischen hatten sich zwei Männer mit ihrem Lunch auf der Bank unter einem der Spitzbogenfenster niedergelassen. Sie schulterte ihre Tasche.

Vier Stunden. Sie brauchte dringend Ablenkung.

Unruhig checkte sie den Empfang ihres Handys. War es auf laut gestellt? War die Vibration an? Sie sollte es nicht in die Tasche stecken. Besser, sie hielt es in der Hand.

Für einen kurzen Augenblick schloss sie die Augen und hoffte, wünschte, schickte eine Bitte an –

»Ich tu, was ich kann«, sagte er mitfühlend.

Lita fuhr herum. »Faine! Wie – was ...« Sie verstummte. Natürlich. Sie hatte um Hilfe gebeten. »Danke, dass du da bist.« Erleichtert umarmte sie ihn. »Hanna will zu Jin! Und Elaine könnte jederzeit –«

Faine strich ihr beruhigend übers Haar. »Du musst an dich glauben, Lita.«

»Glauben? Ein Kami erzählt mir, Glaube sei die Antwort?« Sie wollte lachen, doch dazu war sie zu angespannt. »Glaube an was? Irgendwo gibt es ein oberstes Wesen, das sich einen Spaß daraus zu machen scheint, Leid und Chaos zu verbreiten.« Lita bemerkte, wie sehr sie zitterte.

»Wer hat dir diesen Unsinn erzählt?« Faine fing ein Herbstblatt aus der Luft, das der Wind vom Baum gelöst hatte. »Aus meiner Perspektive sind es Elaine, Hanna und auch Jin, die das Chaos verursachen. Ihnen fehlt der Glaube an Äon. Warum sollte es für immer auslöschen wollen, was es erschaffen hat?« Er drehte das Blatt zwischen den Fingern und betrachtete es nachdenklich.

»Kennst du diesen Orakelspruch?«, fragte Lita. Sicher hatte Hanna ihm davon erzählt. Faine war zu ihrem Vertrauten geworden, nachdem sie die Weberinnen verlassen hatte. »Die Welt wird enden. Und ich *glaube*, es ist egal, was wir tun. Alles, was dieses Äon bestimmt, wird passieren. Egal, was wir versuchen, es wird immer ein Stein zu unserem Grab sein.« Wenn sie in den letzten Stunden eines gelernt hatte, dann, dass das Leben ein abgekartetes Spiel war. Und egal, wie clever man spielte, wenn dieses Äon-Wesen beschlossen hatte, dass man ein Loser war, dann konnte man nichts daran ändern.

»Na, also das klingt jetzt aber sehr dramatisch. Doch ich fürchte, du hast recht. Es passiert immer, was passiert.« Er warf das Blatt in die Luft und sah zu, wie es zu Boden segelte. »Dieses Blatt hatte vor einem Jahr noch keine Vorstellung davon, dass es existieren wird, und im Sommer nicht die geringste Idee von seiner Vergänglichkeit.«

Es landete auf dem Kies vor Litas Fuß. Sie stupste es mit der Schuhspitze an. »Was willst du mir damit sagen? Dass es glücklich war, weil es nichts über seine Zukunft wusste?«

»Ich bin mir nicht sicher, ob so ein Blatt Glück fühlen kann.« Er kniete sich hin, hob es auf und legte es auf die Erde in ein Beet. »Aber ich weiß, dass es sich weiter verändern wird.«

Nachdenklich starrte Lita darauf. Das Schicksal dieses Blatts war vorherbestimmt. Ein Kreislauf. Wie alles auf dieser Welt. Sie rief sich den Orakelspruch ins Gedächtnis. *Ohne Schicksal bringt die Welt zu Fall. Der Tod kommt zu den Lebenden. Leben ist Gift, es besiegelt das Schicksal. Aleph bringt das Ende. Die Zeit springt, denn was immer war, ist nicht mehr.*

»Du willst mir also sagen, dass ich glauben soll, man kann die Zeilen *was immer war, ist nicht mehr* auch anders verstehen? Als eine Art Wiedergeburt?«

Faines blaue Augen blitzten und er lächelte sie schelmisch an. Die Herbstsonne ließ sein rotes Haar wie Kupfer glänzen. »Ich will dir nur sagen, dass du nicht an dir zweifeln darfst. Es wird passieren, was passiert. Aber ist das Entscheidende nicht, dass du weißt, dass du getan hast, was du tun konntest? Dass du mit allem, was du geben konntest, für das gekämpft hast, woran du glaubst?«

»Ich soll kämpfen, obwohl es sinnlos ist?«

»Es ist nicht sinnlos! Vielleicht kannst du von hier nur noch nicht das Ziel sehen.«

»Du bist keine Hilfe, Faine.« Kämpfen erforderte Hoffnung und Zuversicht auf einen Sieg. Aber wie sollte sie daran glauben, wenn jeder davon sprach, dass es keine Rettung gab?

Er stand auf, klopfte sich Erde von der Hose und zuckte mit den Schultern. »Ich bin nur ein Glückskami und vielleicht kann ich mit Glück Wege verkürzen. Aber ich kann deren Ziel nicht verändern.«

»Dann kannst du nicht auf Hanna aufpassen? Wird sie sterben?« Lita presste die Lippen zusammen, um die Tränen nicht durchzulassen.

»Ich passe auf sie auf, seit sie den Turm verlassen hat. Allerdings befolgt sie nur selten meine Ratschläge.«

Lita betrachtete ihn nachdenklich. Er war die Stimme in Hannas Kopf gewesen. Durch ihn hatte sie alles erfahren, was in der anderen Welt vor sich ging. Und nur für ihn hatte sie den Altar und die Teeschale angeschafft. Hanna hatte ihr immer erzählt, Faine wäre ein Arbeitskollege. Tatsächlich hatte sie damit die Wahrheit gesagt. »Warum tust du das?«

Verblüfft zog er die Brauen hoch. »Warum ich Hanna und dir helfe?«

Lita nickte ernst. »Unsere Weberinnenfamilie hat uns vergessen. Elaine will uns sogar auslöschen. Warum hältst du zu uns?«

Er fing erneut ein herabsegelndes Blatt aus der Luft und steckte es sich ans Revers. »Es ist meine Aufgabe. Ich kann es nicht leiden, wenn ihr euch quält. Diese Schöpfung ist nicht perfekt. An vielen Stellen muss sie verbessert werden. Doch ich denke, das müsst ihr selber schaffen. Ich kann euch nur ein glückliches Händchen dafür schenken.« Er trat auf sie zu und küsste sie erneut auf die Stirn. »Du bist stärker, als du glaubst.«

Lita umklammerte noch immer das Handy. Sie fühlte sich alles andere als stark. Eine Windböe und sie würde wie eines dieser Blätter den Halt verlieren und ins Bodenlose fallen.

»Und keiner hat gesagt, dass du den Kampf allein aufnehmen musst.« Er fing ein weiteres Blatt und steckte es ihr an die Jacke. Dann drehte er sich um und verschwand. Nicht wie ein Unsterblicher mit einem Knistern und Licht, sondern eher wie ein Geist wurde er leise und unauffällig unsichtbar.

Lita tastete nach der Stelle, an der Faine sie auf die Stirn geküsst hatte. Er hatte recht. Sie durfte nicht aufgeben. Sie musste daran glauben, dass es ein gutes Ende gab!

# 15
# JIN

Mit einem Grinsen swipte Jin in Elaines Loft. »Hallo, meine Liebe.« Abwartend sah er sich um. »Elaine?«

Ihren Trank hatte sie zwar mitgenommen, auch ihren Mantel, den Kessel jedoch noch nicht gesäubert. »Na, na, Elaine«, murmelte Jin tadelnd. Diese Unordnung sah ihr gar nicht ähnlich. Angewidert schob er den Kupferkessel vom Herd. Der Schildkrötenpanzer hatte sich in einen gummiartigen grauen Klumpen verwandelt. Wem sie diesen Vergessenstrank wohl untermischen wollte?

Elaine war eine geborene Anführerin. Immer hatte sie das Wohl ihrer Weberinnen im Sinn. Es war schwer gewesen, sie zu überreden, mit ihm durch die Welt zu ziehen und leichtsinnig zu sein. Abenteuerlustig. Am Ende hatte sie immer ihren Willen durchgesetzt.

Er seufzte. Es war eine gute Zeit gewesen. Eines seiner unzähligen Lebensjahrzehnte, das wirklich Spaß gemacht hatte.

Jin schlenderte durch das Loft und betrachtete Elaines Büchersammlung. Alles Originalausgaben, manche mit Widmung. Lächelnd strich er über eine Ausgabe der *Odyssee*, die er damals Elaine geschenkt hatte. Sie hatte es also behalten.

Ihm bedeuteten Dinge nichts mehr. All dies war vergänglich. Er nicht. Inzwischen war er zu der Erkenntnis gelangt, dass auch Erinnerungen nur Ballast waren.

Er ging zum Paravent. »Elaine?«, flüsterte er vorsichtshalber, bevor er einen Blick in ihr Schlafzimmer warf. Es war verlassen, ebenso der Leseraum mit den Prophezeiungen, allerdings nicht aufgeräumt. Er schob den Wandteppich beiseite und öffnete die geheime Kammer. Auch hier war niemand. Nur kalter Tee und leere Muffinförmchen. Nun war er sicher, dass die Oberste Weberin nicht zu Hause war.

Schnurstracks eilte er zurück in den Wohnbereich und suchte nach der Schatulle, in die Elaine den Stoff zurückgelegt hatte. Er hatte die Angst in ihrem Blick gesehen – Angst, dass er ihr Geheimnis entdeckte. Damit hatte sie ihn geradezu eingeladen herauszufinden, was es mit dem Stoff auf sich hatte.

In der Küche stand die Schatulle nicht mehr. Wo bewahrte sie das Ding auf?

Auf dem Kaminsims sah Jin einen verdächtigen Abdruck: Überall war das dunkle Holz durch die Sonne aufgehellt, doch ein längliches Rechteck war dunkel geblieben. Eindeutig war dies der Stammplatz des Kästchens.

»Ts, ts, ts. Du kennst mich einfach zu gut«, murmelte er. Elaine hatte geahnt, dass seine Neugier ihn hertreiben würde, und ihren Schatz anderswo verborgen.

Doch wo in diesem kargen Loft bot sich ein Versteck für ihr Geheimnis?

Jin setzte sich in einen der Sessel und starrte den Kamin an. Elaine war keine Frau, die ihre Geheimnisse in ihrer

Wäscheschublade verbarg. Sie hatte auch keinen Tresor, denn Weberinnen war diese Denkweise fern. Sie teilten alles, wussten alles. Man konnte vor einer Weberin nur schwer etwas verbergen. Deshalb hatte er sich immer schon über Elaines geheime Kammer gewundert. Das verborgene Zimmer war damals wesentlich gemütlicher eingerichtet gewesen. Ein verschwiegener Ort für heimliche Treffen. Doch außer verschüttetem Tee befand sich jetzt nichts mehr darin.

Wo also hatte Elaine die Schatulle hingesteckt, als ihr klar wurde, dass er vielleicht kommen würde, um danach zu suchen? Er sah Elaine vor sich: Wie sie schon halb aus der Tür war. Dann, sich an seinen Blick erinnernd, wandte sie sich nach der Schatulle um, nahm sie an sich, überlegte und –

Das Gemüsefach!

Jin erhob sich und schritt siegessicher zum Kühlschrank. Elaine wusste, wie sehr er Grünzeug verabscheute. Vegetarierin! Das ewige Leben war eh kaum zu ertragen. Da sollte doch wenigstens ab und zu ein Steak drin sein.

Als er den Kühlschrank öffnete, erinnerte er sich daran, dass seine Beziehung zu Elaine – unter anderem – an dem ewigen Gemüse gescheitert war.

Er zog die Grünzeugschublade hervor und lächelte spöttisch. Dort unter Dill und Petersilie lag die schmale hölzerne Schachtel.

# 16

# LITA

Vielleicht war es Faines Kuss, der Lita das Glück bescherte, den besten Platz in ihrem Lieblingslokal zu bekommen. Denn die Rooftop-Bar in der Commercial Street war wie immer gut besucht. Ihr Lieblingstisch stand direkt am Rand der Dachterrasse, mit freiem Blick auf London. Blumentröge mit Schilf und andere hochwachsende Pflanzen verliehen diesem Sitzplatz das heimelige Gefühl einer Laube.

Lita hatte das Handy, nachdem sie DeeDee angerufen und gebeten hatte, zu ihr zu kommen, vor sich auf den Tisch gelegt und sah jetzt über die Dächer hinüber zum Finanzdistrikt. Direkt vor ihr ragte The Gherkin auf. Das war ihr bei all den Besuchen nie aufgefallen. Warum auch. Bis vor Kurzem war dieser Turm nur ein weiterer Architekturhingucker, wie sie London seit Jahren an allen Ecken und Enden hervorbrachte.

Nachdenklich betrachtete sie den Turm. Als könnte sie durch die dunklen Scheiben blicken und Elaine sehen. Hatte sie sich bereits aus ihrem Gefängnis befreit?

Wieder fuhr sich Lita mit der Hand über die Stirn, dorthin, wo Faine sie geküsst hatte. War Glück alles, was sie brauchte, um Hanna und sich selbst zu retten? Faine hatte ihr geraten zu kämpfen. Aber gegen wen? Elaine? Das Schicksal? Oder gar dieses Äon-Wesen?

Lita zupfte das Blatt, das Faine ihr angesteckt hatte, aus dem Knopfloch. *Bringt die Welt zu Fall.* Der Herbst hatte das Blatt zu Fall gebracht, doch das war nicht das Ende von allem. *Denn was immer war, ist nicht mehr.* Was, wenn Elaines Interpretation völlig falsch war?

*Der Tod kommt zu den Lebenden … Leben ist Gift … Aleph bringt das Ende.* Das klang allerdings nicht nach Wiedergeburt. Das klang nach einem Schlussstrich.

Nachdenklich drehte sie das Blatt zwischen den Fingern. Es schien regelrecht zu brennen, so leuchtend waren seine Herbstfarben. Doch bald würden sie verblassen, das Blatt zu einem hauchdünnen Gewebe zerfallen und schließlich zu Erde vergehen. Wünschte sie sich nur, dass der Spruch von einer Wiedergeburt sprach?

Lita vergrub ihr Gesicht in den Händen. Hatte Hanna inzwischen mit Jin gesprochen? Hatte er Lita tatsächlich mit einem *Bewahrungszauber* belegt? War ihre Mutter überhaupt noch hier? Lita redete sich ein, dass Hanna noch da war. Sie würde es merken, wenn Elaine ihren Faden kappte. Ganz sicher! Noch immer presste sie die Hände vors Gesicht, um die Tränen zurückzuhalten. Konnte nicht irgendwer die Zeit zurückdrehen? Sie wollte wieder Lita sein. Lita mit dem Stoffspleen, die einfach nur mit ihren Freundinnen abhing und Spaß hatte.

»Tut mir leid.« Ein Kaffee wurde vor sie geschoben. »Dadrin ist ein Riesenandrang.« DeeDee setzte sich ihr gegenüber auf die Bank und musterte Lita. »Jetzt nimm einen Schluck vom Lebenselixier und erzähl mir, was los ist.«

»Du bist die Beste!« Dankbar griff Lita nach der Tasse und nahm einen großen Schluck. Sie spürte dem Aroma nach und ließ sich ganz in diese Wohlfühlwolke hineinfallen.

DeeDee war ihre allerbeste Freundin. Zwischen DeeDee und ihr gab es ein engeres Band als mit Chloe und Lauren. Vielleicht weil sie beide ihre Väter nie kennengelernt hatten und allein mit ihren Müttern aufgewachsen waren. (Na ja, DeeDee hatte noch drei kleinere Geschwister.) Außerdem verfügte DeeDee über die großartige Gabe des Zuhörens. Wenn ihr jemand mit dem Orakel helfen konnte, dann DeeDee.

»Wie geht es deiner Mum?« Sorgenfalten kräuselten DeeDees Stirn. Sie hatte ihre wirren Locken mit einem breiten Webband zurückgebunden, das Lita ihr mal gemacht hatte.

»Die nächsten Stunden entscheiden.« Sie wich DeeDees erschrockenem Blick aus. *Wenn du gleich alleine mit deinem Kaffee hier sitzt, hat Jin versagt und Elaine uns aus der Welt getilgt.* »Danke, dass du sofort gekommen bist!« Sie musste die richtigen Worte finden, um DeeDee die Welt zu erklären. Und zwar schnell.

Lita atmete durch und blinzelte eine Träne weg.

»Oh, Lita!« DeeDees Hand griff nach ihrer. Aus ihrem Rucksack hatte sie ein Taschentuch gezaubert und hielt es Lita hin. »Warum bist du nicht bei deiner Mum? Wo ist sie?«

»Sie ... na ja ... es gibt eine letzte Hoffnung. Sie wollte nicht, dass ich dabei bin.« Litas Blick wanderte zum Turm. Die Sonne funkelte auf dem dunklen Glas. Keine Menschenseele hatte auch nur eine Ahnung, was sich hinter der glänzenden Fassade verbarg.

DeeDee stand auf, kam um den Tisch herum und setzte sich neben Lita. »Seit wann weißt du es? Ich meine, warum hast du nicht schon früher etwas gesagt? Wir wären doch alle für dich da gewesen!«

Dankbar lehnte sich Lita an sie und tupfte sich mit dem Taschentuch die Träne ab. »Ich hatte selbst keine Ahnung! Meine Mutter hat all das vor mir geheim gehalten. Ich ...« Sie richtete sich auf und wandte sich DeeDee zu. »Also ... Es ist alles ganz anders, als ich dachte.« *Hey, wir werden übrigens von durchgeknallten Frauen ferngesteuert!*

»Was meinst du damit?«

Lita konnte nicht anders, als DeeDee fest an sich zu drücken. Immerhin glaubte DeeDee an Kami. Das war ein Anfang. Vielleicht halfen die Utensilien, die sie von Luana erhalten hatte, um DeeDee zu erklären, dass es noch mehr als nur Kami gab. Hektisch durchwühlte sie ihre Tasche nach der Brille und dem Spiegel. »Also, es besteht eine Chance, dass alles gut wird. Aber –« Sie fand den Spiegel und legte ihn vor DeeDee auf den Tisch.

Fragend blickte ihre Freundin sie an. »Hab ich Lippenstift auf den Zähnen?« DeeDee nahm den Spiegel und kontrollierte ihr Make-up. Schließlich drehte sie den Handspiegel um und betrachtete die Engelsfigur. »Wo hast du den denn her? Dieser Kitsch ist doch eigentlich nicht dein Stil.«

Lita legte die Brille auf den Tisch und DeeDee zog die Augenbrauen hoch. »Hast du einen Trödelladen leer gekauft? Seit wann stehst du auf Antiquitäten?« Probehalber klemmte sich DeeDee die Brille auf die Nase und blickte sich hochnäsig um. Es sah albern aus und Lita musste lächeln.

Natürlich sah DeeDee keine Fäden. Sie war keine Weberin. Litas Lächeln erlosch. Sie starrte zum Turm hinüber. DeeDee konnte ihn nicht betreten, sie würde den prachtvollen Baum niemals sehen. Sie hätte ihn geliebt, da war sich Lita sicher.

Inzwischen hatte DeeDee die Brille wieder abgenommen und zu Lita geschoben. »Gehören die Sachen deiner Mum?«

»Nein – also ja. Sie hat – nein, sie hatte auch mal so was –« Sie stupste den Spiegel an, sodass er langsam im Kreis schlingerte. »Hör zu, DeeDee.« Sie rutschte näher an ihre Freundin heran. »Das mag verrückt klingen, aber es ist die Wahrheit, okay? Bitte denk nicht, dass ich spinne –« Sie stockte und musste kurz über diesen unbeabsichtigten Wortwitz grinsen.

»Lita!«, sagte DeeDee streng. »Ich werde nicht denken, dass du spinnst.«

»Fest versprochen?«

»Fest versprochen.« Fragend sah DeeDee sie an. »Was genau hat denn deine Mum?«

»Du glaubst doch an die Existenz von Kami.«

Für eine Sekunde wirkte DeeDee verwirrt. Dann nickte sie. »Oh, Lita, natürlich werde ich an unserem Hausaltar für dich und deine Mum beten!«

Lita holte tief Luft. »Ich weiß, ich hab immer gesagt, dass es Aberglaube sei.« Sie blickte DeeDee direkt in die Augen. »Ich weiß es inzwischen besser, DeeDee. Du hast recht. Kami sind real. Und ... mehr noch –« Sie bemerkte DeeDees beunruhigten Blick. »Bitte versuch, mir zu glauben!«

»Was genau haben die Ärzte über deine Mum gesagt?« Lita hob die Brille an und drehte sie zwischen den Fingern. Wie sollte DeeDee ihr glauben, wenn sie nichts von all dem sehen konnte? »Alles ist vorherbestimmt, DeeDee. Unser Leben. Es steht von Anfang an festgeschrieben auf unserem Lebensfaden. Es gibt Schicksalsweberinnen, die aufpassen, dass sich die Fäden nicht verheddern. Dass jeder sein Schicksal erfüllt.«

DeeDee klappte den Mund auf und wieder zu, atmete geräuschvoll aus, räusperte sich und drückte schließlich Litas Hand. »Es ist okay. Niemand kann etwas dafür, dass es deiner Mutter so schlecht geht. Du hast recht, es ist wichtig, alles so anzunehmen, wie es ist. Du hättest es nicht verhindern können.«

»Weil ich machtlos bin«, murmelte Lita. Ihr wurde bewusst, wie ohnmächtig sie sich durch diesen Gedanken fühlte, und Wut flammte in ihr auf. Die Menschen dachten, sie hätten Macht über ihr Leben. Sie dachten, es wären ihre Entscheidungen, die sie zum Ziel brachten, oder falsche Entscheidungen, die Träume platzen ließen. »Alles ist vorherbestimmt, DeeDee. Und keiner kann sein Schicksal austricksen. Es wird immer passieren, was sich Äon, das oberste Wesen, ausgedacht hat.«

»Wow. Dafür, dass du nie an Kami glauben wolltest, bist du jetzt ja zu einem richtigen Hardliner geworden, was Glaube angeht. Äon ...? Schicksalsweberinnen ...?« DeeDee musterte sie skeptisch.

Seufzend klemmte sich Lita die Brille auf die Nase und sah DeeDee an. Ihr Faden schimmerte grau. Natürlich konnte Lita ihn nicht lesen. DeeDee war ihre beste Freundin! Wie sollte sie ihr nur begreiflich machen, dass sie nicht einfach plötzlich an etwas wie Vorherbestimmung und Kami *glaubte?* Es war kein Glaube. Es war Wissen.

»Glaubst du denn nicht an das Schicksal?«, fragte sie vorsichtig.

DeeDee zuckte die Schultern. »Macht es denn einen Unterschied? Mir passiert, was mir passiert. Ich kann es nicht beeinflussen. Ich kann mir 'n Kopp machen, ob mir weniger Schlimmes passieren wird, wenn ich erst eine Stunde später das Haus verlasse. Aber vielleicht passiert mir gerade deshalb was Schlimmes. Ich werde es nie erfahren. Also mach ich alles so, wie es mir gerade in den Sinn kommt.«

Nachdenklich rührte Lita in ihrem Kaffee. »Dann wäre es dir also egal, ob es deine Entscheidungen sind oder ob jemand anders dir den Pfad vorgibt?« Ihr Blick wanderte wieder zum Weberinnenturm. *Die Menschen wissen nicht, dass sie einem vorgeschriebenen Pfad folgen. Deshalb denken sie, dass sie der Kapitän ihres Lebens sind.* Vermutlich war das auch gut so. So strengten sie sich an, ihre Ziele zu erreichen. Vielleicht war es DeeDee nicht bestimmt, eine Weltreise zu machen, doch weil sie es versuchte, sprach sie inzwischen zwei Fremdsprachen und sie hätten einander ansonsten nie im Spanischkurs kennengelernt. »Aber wenn du wüsstest, was dir passiert, wenn du erst in einer Stunde losgehst – was machst du dann?« Lita wandte sich wieder DeeDee zu.

»Wenn ich wüsste, dass mir etwas Schlimmes passieren wird?«

»Ja. Ein Unfall. Mit üblem Ausgang.« *Zum Beispiel, wenn du wüsstest, dass deine Mutter ausgelöscht wird.*

»Dann bleib ich natürlich zu Hause.«

Lita ließ den Kaffee in ihrer Tasse kreisen. »Aber irgendwann musst du ja raus. Du kannst dich nicht auf ewig verstecken.«

»Aber wenn ich rausgehe, egal wann, dann erwischt mich der Bus?«

»Weil es dir bestimmt ist, vom Bus erwischt zu werden.«

Die Falten auf DeeDees Stirn gruben sich tiefer. Sie forschte in Litas Blick nach einer Antwort. »Deine Mum stirbt nicht«, sagte sie schließlich eindringlich. »Du darfst deinen Glauben an ihre Heilung nicht verlieren. Du weißt doch: Glaube versetzt Berge. Ihr müsst zusammen darum kämpfen!«

»Kämpfen?« Faine hatte ihr dasselbe geraten. »Wie soll ich mein Schicksal bekämpfen, wenn es unausweichlich ist?«

»Papperlapapp!«, rief DeeDee und schlug mit der Hand auf den Tisch, dass die Tassen wackelten. »Es macht einen Unterschied! Wenn du nicht kämpfst, hast du schon verloren. Du darfst nicht aufgeben!«

Lita zog ihr Handy zu sich und tippte es an. Auf dem Display erschien die Uhrzeit. Ihre Mutter war nun seit über zwei Stunden fort.

»Werden die Ärzte dich anrufen?«, fragte DeeDee, da Lita immer noch das Handy anstarrte, als wolle sie es zum Klingeln überreden.

»Nein. Meine Mum wird mich anrufen. Sie ist zu einem Unsterblichen gegangen. Er soll einen Zauber wirken, damit mein Schicksal sich nicht erfüllt.«

DeeDees Schweigen war so laut, dass Lita das Handy weglegte und sie eindringlich ansah. »Versprich mir, mich nicht für völlig bekloppt zu halten!«

»Ich hab dir eben schon mein Freundinnenehrenwort gegeben, nicht zu denken, dass du spinnst. Und – na ja. Das ist echt schwer, Lita.« Sie zögerte.

Lita merkte, wie sie sich verkrampfte. Wenn DeeDee ihr nicht glaubte – es fühlte sich an, als würde sie in ein Vakuum gesaugt werden. Verloren, ohne Halt fühlte sie sich davontrudeln.

DeeDee begann zu grinsen, nahm erneut Litas Hand und hielt sie fest. »Aber es ist zu spät, Lita. Für *bekloppt* halte ich dich, seitdem du mir damals deine Wollfädensammlung gezeigt hast.«

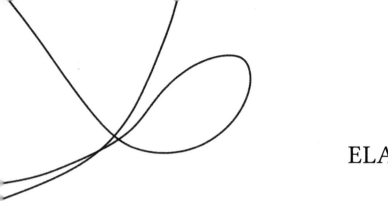

# 17
# ELAINE

Elaine hasste es zu swipen. In den Jahren mit Jin, die ihr jetzt nur noch wie ein unwirklicher Traum vorkamen, war er mit ihr zu den herrlichsten Orten gereist. Aber sie hatte es nie leiden können, dass ein Swipe die Kontrolle über sie übernahm. Kontrollverlust war eine Niederlage. Und momentan erlitt sie vermutlich die größte Niederlage ihres langen Lebens.

Rukar hatte sie in einen Ledersessel gedrückt, der vor einem verchromten Tisch in einem Penthousebüro stand.

»Willkommen in meinem irdischen Reich, Elaine.« Misano saß ihr gegenüber, ein Bein quer über das andere gelegt, die Arme breit auf den Lehnen seines Sessels. In einer Hand schwenkte er ein Glas bernsteinfarbenen Whisky und bedachte Elaine mit einem zufriedenen Lächeln.

»Bring mich auf der Stelle zurück!«, zischte sie. Sie wäre zu gerne aufgesprungen, doch ihre Beine fühlten sich nach dem Swipe wie Pudding an. Misanos Lakai Rukar stand abwartend neben ihr. Lässig auf eine der Vitrinen gestützt, machte er ein unbeteiligtes Gesicht. Nie hätte sie es für möglich gehalten, dass Misano jemanden in den Turm swipen würde, um sie zu entführen.

»Willst du mich beleidigen, Elaine? Nein, nein. Ich habe

dir gesagt, dass ich dich dafür büßen lassen werde, wenn du Zara sterben lässt.« Seine Miene verdüsterte sich. »Ich hab mich an ein paar hübsche Spiele erinnert. Weißt du noch, was mit Tantalus geschah? Ich finde das eine hervorragende Sache.«

Angst versuchte, sich in ihr auszubreiten, doch Elaine trieb sie zurück. Sie reckte sich und hielt Misanos Blick stand. »Das kannst du nicht tun! Ich bin die Oberste Weberin!« Nichts als leere Drohungen. Niemals würde er Äons Sprachrohr etwas antun.

Misano lächelte nur herablassend. »Du bist eine alte, gemeine Frau.«

*Lass dich nicht provozieren.* Ihr Blick glitt durch den Raum. Sie waren in einem der Bürohochhäuser in Shoreditch. Der einzige Weg hinaus führte an der Assistentin vorbei und gute zwanzig Stockwerke hinunter. Sie hatte keine Chance. Sie musterte Rukar. Er wirkte ungeduldig. Ob er weitere Swipezauber bei sich hatte?

Ihr war bewusst, dass es Misano allein um seine Rache für Zaras Tod ging. Als er sie vor Monaten gebeten hatte, Zara zu retten, und sie verneint hatte, war er unter Racheschwüren davongeswipt. Es überraschte sie nicht, dass er nun tatsächlich versuchte, ihr Angst zu machen. Doch sie hatte keine Zeit, sich um seine verletzte Eitelkeit zu kümmern. Äon würde ihr nicht noch eine Chance geben, ihren Fehler mit Hanna wiedergutzumachen. »Ich muss zurück. Die Schicksalsfäden brauchen mich.« Als sie sein höhnisches Grinsen bemerkte, fügte sie ungeduldig an: »Du willst doch nicht das Ende der Welt riskieren, weil du mich nicht gehen lässt!«

»Meine Welt hat bereits geendet, als du Zara hast sterben lassen. Ich habe kein Problem, auch deine Welt zu vernichten.«

Voller Entsetzen starrte sie ihn an. »Du weißt nicht, was du da sagst! Es geht hier nicht um mich!«

»Misano«, mischte sich Rukar ein. »Ich hab meinen Teil der Abmachung erfüllt. Bezahl mich und ich verschwinde.«

Bedächtig nahm Misano einen Schluck Whisky und erhob sich. »Kann das nicht warten?«, grummelte er Rukar an, sein Blick jedoch ruhte auf Elaine.

Unruhig knetete Elaine ihre Finger. Sie brauchte einen Plan. Misano war nicht wie ihre Weberinnen. Er akzeptierte ihre Autorität nicht und verstand nichts von dem Gefüge der Welt. Vermutlich wollte er es auch nicht verstehen.

»Nein.« Rukar verschränkte die Arme und schien angespannt. »Ich will jetzt bezahlt werden.«

*Er traut Misano nur so weit, wie er spucken kann*, vermutete Elaine und ertappte sich dabei, den jungen Mann durchaus sympathisch zu finden, obwohl er gerade wegen ein paar Münzen das Schicksal der Welt verspielte.

Während Misano auf eines der gerahmten Filmplakate zuging, versuchte Elaine, irgendetwas im Raum zu finden, das ihr helfen konnte. Ein Telefon? Den Notruf wählen? Bis irgendjemand hier war, hatte Misano sie schon auf die andere Seite der Erde geswipt.

Sie beobachtete Rukar, der wiederum Misano nicht aus den Augen ließ.

Alle Fäden waren von Äon miteinander verknüpft. Ein

dichtes Gewebe, in dem es keine Fehler gab. Keine geben durfte. Doch wie hatte dieses allmächtige Wesen nur Unsterbliche erschaffen können! Eine schreckliche Dummheit, unter der nicht nur immer wieder die Menschen leiden mussten. Unsterbliche hatten keinen Lebensfaden und entzogen sich dadurch jeglicher Kontrolle! Dieser Rukar musste ein Halbblut sein – wie sonst hätte er Äons Pläne durchkreuzen können. Die Oberste Weberin entführen! Das war sicher nicht in Äons Plan gewesen.

Misano hatte ein Plakat zur Seite geschoben und einen in der Wand verborgenen Tresor geöffnet.

Wenn sie nicht sofort zurück in den Turm kam, endete die Welt und Misano würde sich nie wieder an irgendwem rächen können. Elaine schob sich an die Kante des Sessels vor. Misano hatte ein Pergamentpäckchen aus dem Tresor hervorgeholt und reichte es Rukar.

Das war ihr Moment. Sie musste es einfach versuchen. Aufspringen, durch die Tür, zum Aufzug. Nein. Besser, sie nahm die Treppe. *Die Treppe, Elaine? Bist du wahnsinnig?* Inzwischen fühlten sich ihre Beine zwar wieder fest an, doch sie war kein junges Mädchen mehr.

»Was ist das?«, fragte Rukar.

Elaine konnte seine unterdrückte Nervosität hören. Für einen Augenblick ließ sie sich ablenken. Womit hatte er sich für die Dummheit, die Oberste Weberin zu entführen, wohl bezahlen lassen?

»Jin hat es mir gegeben«, meinte Misano. »Er hat es bei deinen Sachen gefunden.«

Elaine horchte auf. Jin? Was hatte der alte Narr denn schon wieder angestellt? Bereit, einen völlig dummen

Fluchtversuch zu unternehmen, verharrte sie und beobachtete Rukar.

Als wäre es ein rohes Ei, nahm Rukar das Päckchen und öffnete es. Das braune Papier schien uralt. Es knisterte trocken. Wie lange lag es wohl schon in diesem Tresor?

Rukar entfaltete das Päckchen und musterte den Inhalt. Elaine stockte der Atem.

Das konnte nicht sein! Aber das Schimmern, das Glänzen dieser Fäden war eindeutig! Ein Gewebe aus Schicksalsfäden! War das etwa eine Prophezeiung? Nein, niemals!

Um einen besseren Blick auf den Stoff zu erhaschen, war sie völlig perplex aufgestanden. Keine Weberin hätte es jemals gewagt, eine Prophezeiung aus dem Turm zu schmuggeln! Wozu auch? Niemand außer einer Weberin konnte mit diesen Stoffen etwas anfangen!

»Jetzt frag mich nicht, wie deine Mutter an dieses Ding gekommen ist!« Misano verschloss den Tresor, ließ das Bild wieder an seinen Platz gleiten und setzte sich. »Das musst du selber herausfinden.« Er nahm einen Schluck Whisky und musterte dabei Elaine.

»Woher hast du das?«, stotterte sie.

»Ich sagte doch, dass Jin es mir anvertraut hat.«

Das konnte nicht sein. Hatte Jin sie bestohlen? Aber wann und wie? War es die Prophezeiung über Rukar? Oder handelte das Teppichstück von Rukars Vater? Waren Jin und sie zu der Zeit, als er dieses Stück Stoff gestohlen hatte, noch zusammen gewesen?

Sie musterte den Jungen. Er schien unschlüssig, was er mit dem Stoff anfangen sollte. Für ihn war es nichts weiter als ein buntes Stück Gewebe. Er würde es nicht lesen können, ja, noch nicht einmal anfassen.

Rukars Hände zitterten. Sein Blick glitt zu Elaine.

Das war ihre Chance! Wenn sie ihn auf ihre Seite zog, konnte er sie zurückswipen. »Es ist deine Prophezeiung.« Sie schob sich näher zu ihm. Etwas an ihm kam ihr vertraut vor. Wer war wohl sein Vater? Ihr Blick glitt über das Teppichstück. Halbblute erhielten bei ihrer Geburt immer Unsterblichenkräfte und eine Prophezeiung. Warum jedoch hatte sie jemand aus dem Archiv gestohlen? »Ich lese es für dich, wenn du mich zurück zum Turm bringst.«

Misano lachte schallend los. »Netter Versuch, Elaine.«

Sie trat noch einen Schritt auf Rukar zu. »Bitte«, sagte sie leise. »Die Welt wird zu Asche, wenn ich nicht im Turm bin.«

Für eine Sekunde stutzte Rukar. Doch er schlug das Pergament wieder über den Stoff. »Es tut mir leid. Geschäft ist Geschäft.« Behutsam ließ er das Päckchen in seine Jackentasche gleiten.

»Er ist *mein* Einbrecher, Elaine. Er macht keine Geschäfte mit Weberinnen.«

Elaine verwünschte Misano. Er hatte sie in der Hand, sie war ihm tatsächlich hilflos ausgeliefert. Noch nie hatte sie es so sehr bedauert wie jetzt, dass Weberinnen keine Magie zur Verfügung stand.

Rukar deutete eine Verbeugung vor Misano an und nickte Elaine im Vorbeigehen kurz zu, bevor er das Büro verließ.

»Damit kommst du nicht durch!«, zischte sie Misano an. »Lass mich gehen. Ich muss zurück in den Turm. Das

Schicksal der Welt steht auf dem Spiel!« Sie sah durch die gläserne Bürowand zu Rukar, der gerade in den Aufzug stieg.

Misano lachte. »Nimm dich nicht so wichtig! Die Welt wird sehr gut ohne dich auskommen. Sogar noch besser.« Er leerte sein Glas in einem Zug.

Es gab kein Entkommen für sie. Das konnte doch nicht Äons Plan sein! Verzweifelt blickte sie sich zu Misanos Sekretärin um, die nebenan eifrig in den Computer tippte. Von ihr konnte sie keine Hilfe erwarten. Sie war nur ein Mensch.

»Komm, ich stelle dir Zara vor.« Misano kam auf Elaine zu und packte sie unsanft am Arm. Er swipte. Der Boden wurde unter Elaines Füßen weggerissen.

Der Swipe schien sie von innen nach außen zu krempeln. Sie schlug auf einen harten, glatten Untergrund auf, wo sie schwer atmend liegen blieb. Zwei Swipes an einem Tag waren zu viel für sie.

# 18

# RUKAR

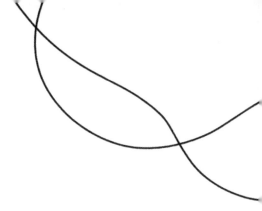

Der Andrang an der Bar war groß. Das sonnige Herbstwetter hatte die Londoner aus ihren Wohnungen getrieben. Geduldig hatte Rukar für seinen Kaffee angestanden. Die Bar befand sich auf einem dreistöckigen Eckhaus an einer befahrenen Straße. Ein Klinkerbau im viktorianischen Stil, von dem man einen direkten Blick auf den Finanzdistrikt mit seinen eigenwilligen Hochhäusern hatte. Nun trat er hinaus auf die Dachterrasse. Er liebte diese Rooftop-Bar. Sie war nicht so schick und edel wie die Touristenhotspots in der City. Kein Chrom und Stahl. Hier standen alte Fässer, Terrakottatöpfe und Zinkwannen, in denen Kräuter, Winden, Schilf und Gräser wucherten. Dazwischen einfache Holztische und Bänke, entspannte Gäste, die guten Kaffee zu schätzen wussten. Leider waren es heute wieder mal zu viele.

Rukar schob sich, mit seinem Kaffeebecher in der einen und dem Papierpäckchen in der anderen Hand, zwischen den Tischen hindurch zur Balustrade am Rand des Dachs. Er musterte den schwarz glänzenden Turm der Weberinnen, während er einen Schluck Kaffee nahm. Es war ihm nicht leichtgefallen, Elaine bei Misano zurückzulassen. Auch wenn er nicht wirklich glaubte, dass Misano der

Obersten Weberin etwas antun würde. Natürlich hätte er mit ihr das Geschäft *Taxi nach Hause* gegen *Lesen der Vergangenheit* vereinbaren können. Genau genommen hätte er damit den Handel mit Misano nicht verletzt. Aber bevor Elaine und er es mit einem Handschlag besiegelt hätten, wäre Misano schon mit einem Fingerschnippen eingeschritten. Wer weiß, wohin er ihn geswipt hätte. Und da Rukar keine Tricks vom Schwarzmarkt mehr bei sich hatte, war er so hilflos wie ein Sterblicher.

Abgesehen von seiner Fähigkeit, die Zeit zu manipulieren. Er brauchte nur an der Zeit zu ziehen, die, wenn er die Augen schloss, wie unzählige Flüsse den Raum durchzog, die sich kreuzten und paarten, auseinanderflossen und sich verwirbelten. Es kostete ihn Energie und Konzentration, andere Leben in der Zeit auszubremsen oder einen Loop drehen zu lassen, aber er war inzwischen sehr geschickt geworden.

Erst jetzt wurde ihm bewusst, dass er noch immer das Päckchen umklammert hielt, als würde sein Herzschlag verstummen, wenn er den Griff lockerte.

Rukar nahm einen langen Schluck, atmete durch und befühlte das Päckchen, in dem sein Leben eingewickelt wartete.

Seine Mutter hatte ihm also ein Stück einer Prophezeiung mitgegeben, als sie ihn in der Gondel des London Eye aussetzte. Aber warum? Und wie? Warum hatte sie ihn überhaupt ausgesetzt? Warum hatte er nicht bei ihr bleiben dürfen?

Durch das Papier fühlte er den Stoff. Er wirkte schwer, war dicht gewoben.

Rukar stellte den Kaffee auf die schmale Balustrade, die die Dachterrasse umlief und schlug das Papier zurück, um den Stoff zu betrachten. Die Fäden schimmerten im Sonnenlicht.

War dies sein Schicksal oder das Schicksal seiner Mutter? Stand hier geschrieben, wer sie war und warum sie ihn verlassen hatte?

Schmerz ziepte in seiner Brust. Er war ein alter Bekannter. In unzähligen Nächten hatte er Rukar bittere Tränen weinen lassen. Irgendwann hatte Rukar beschlossen, dass seine Mutter ihn abgegeben hatte, weil sie wusste, dass sie sterben würde. Sie hatte nur nicht mit der Arroganz und Hartherzigkeit der Unsterblichen gerechnet.

Sorgsam schloss er das Päckchen wieder und sah nachdenklich zum Turm hinüber. Mit einer dieser Weberinnenbrillen könnte er den Stoff sicher lesen. Alle Antworten, nach denen er schon so lange suchte, lagen jetzt in seiner Hand. Er drückte das Paket an seine Brust, spürte sein Herz schlagen.

Ein neuer Einbruchsplan musste her.

Langsam wurde es für ihn zu einer dummen Angewohnheit, in den Weberinnenturm einzubrechen.

In Gedanken eine Checkliste aufstellend, was er alles zu besorgen hatte, sah er sich nach einem freien Platz um. Er schob sich zwischen den Tischen hindurch zu seinem Lieblingsplatz und hielt erstaunt inne.

Sein Stammtisch lag am äußersten Ende der Terrasse, in der Spitze des Eckhauses, beschattet von einem mächtigen Schilf, das in einem hölzernen, kniehohen Trog wuchs. Jetzt saßen dort zwei Mädchen nebeneinander. Die eine mit einem T-Shirt mit der Aufschrift *Dream on* und völlig zerzausten, wilden schwarzen Locken. Die andere trug einen ausgewaschenen Parka und ihre fransigen schwarzen Haare fielen ihr bis ans Kinn. Sie war blass und anscheinend ziemlich nervös. Das war Lita, das Mädchen aus dem Turm!

Für eine Sekunde starrte er sie einfach nur an. Sie hatte ihn im Baum völlig überrumpelt. Dabei hatte er bei solchen Aktionen immer sein Zeiradar an und wusste, wann sich jemand näherte.

Sollte er sie anquatschen? Er umfasste das Päckchen. Vielleicht war sie seine Eintrittskarte in den Turm. Oder ... Da bemerkte er den Spiegel und die Brille, die offen vor den beiden auf dem Tisch lagen. Er grinste.

Das Schicksal hatte sich sein ganzes Leben lang als ein hinterhältiges Miststück präsentiert. Um keinen Kaffee der Welt hätte er gewettet, dass es urplötzlich nett zu ihm war. Das hier konnte jedoch nur pures, reines Glück sein. In wenigen Minuten würde er sein Schicksal lesen können. Er musste nur die Brille klauen. Kinderspiel.

Er fuhr sich durch die Haare, wuschelte sie noch einmal ordentlich auf Sturm, nahm einen kräftigen Schluck und schlenderte zu den beiden hinüber.

»Wie ich sehe, bist du unversehrt vom Baum heruntergekommen.« Er lächelte sie zwinkernd an.

Ein Ruck durchfuhr die Weberin. Bevor Lita überhaupt aufsah, hatte sie schon ihre Tasse gepackt und die kaffeebraune Flüssigkeit flog ihm entgegen. *Shit!*

Gerade noch rechtzeitig duckte er sich weg. Wieder war ihre Reaktion vollkommen aus dem Nichts gekommen. Wieso hatte er es nicht im Zeitfluss gesehen?

»Du!«, fuhr sie ihn an. »Was hast du im Turm gemacht! Wie bist du reingekommen!«

Ihre Freundin – war sie auch eine Weberin? – zog ihre Tasse zu sich, als hätte sie Sorge, dass ihr Kaffee als Nächstes in seine Richtung segelte, und betrachtete Rukar verwundert.

Er brachte lieber den Tisch zwischen sich und die beiden. Dadurch waren Brille und Spiegel zu weit weg von ihm, um sie unbemerkt einzustecken. Beides einfach zu schnappen und abzuhauen, war keine Option. Der einzige Fluchtweg war über die Dächer und würde jede Menge Ärger nach sich ziehen.

Und die Zeit? Er warf einen schnellen Blick hinter sich. Gut dreißig Leute plus die beiden Mädchen. Nicht unmöglich, aber extrem heikel und Kräfte zehrend.

»Sorry. War vermutlich nicht meine beste Vorstellung.« Er lächelte entschuldigend. »Darf ich es wiedergutmachen? Ich bin Rukar.« Er verbeugte sich höflich. »Und mit wem habe ich die Ehre? Lita und …?« Sein Blick glitt dabei zur Freundin der Weberin. Die Weberin selbst war viel zu wütend. Sie machte ihm etwas Angst. Niemand hatte ihn bisher überrumpelt. Und schon gar nicht zwei Mal.

Er beugte sich vor, nahm die Hand des *Dream-on*-Mädchens und hauchte einen Handkuss darauf.

»Wow. Oh«, stammelte sie völlig verdattert und lächelte ihn strahlend an. »Ich bin DeeDee.«

*Sehr gut. Gewinne das Herz der Freundin und die Weberin wird sich ergeben.*

Falsch gedacht.

»Verschwinde!«, blaffte Lita. *Sie ist eine Weberin. Doch irgendwas an ihr ist anders.* Alle Fasern in Rukars Muskeln spannten sich an. Da flankte sie auch schon über den Tisch und stürzte sich auf ihn. Wieder war er ihr nur in letzter Sekunde ausgewichen. »Wie –« Wie machte sie das?

Sein Kaffee war bei seinem rettenden Sprung übergeschwappt. Er hatte zu lange dafür angestanden, um damit die Blumen zu gießen. Hastig stellte er den Becher auf den Tisch und stopfte das Päckchen in seine Jacke, damit es ebenfalls sicher war.

Die Gäste rundum waren verstummt. Alle Augen richteten sich auf ihn. *So ein Mist!*

Kaum merklich schüttelte er den Kopf und schaute Lita beschwörend an. Eine der wichtigsten Regeln, wenn man sich in der Menschenwelt bewegte: keine offene Magie. Unauffällig bleiben. Menschliche Seelen vertrugen es nur schwer, wenn sie plötzlich Zeuge *übernatürlicher* Dinge wurden.

»Können wir reden?« Er fragte leise. Langsam und beschwichtigend. Allerdings mehr, um seinen eigenen Puls wieder zu beruhigen. »Ich würde mich wirklich sehr gerne entschuldigen.«

»Gib ihm doch eine Chance, Lita«, mischte sich DeeDee ein und forderte ihn mit einer Geste auf, sich zu setzen. »Ich würde gerne hören, wie du von diesem schicksalhaften Baum runtergeklettert bist.«

»DeeDee! Was ich dir gesagt habe, geht den Kerl nichts an!«

»Aber er scheint doch genauso viel zu wissen wie du! Außerdem schmeißen sie uns sonst gleich aus der Bar raus, wenn ihr hier einen auf Beziehungsdrama macht.« Mahnend sah sie ihre Freundin an.

Doch die dachte gar nicht daran, sich zu beruhigen. »Du hast keine Ahnung, wer das ist!«

Rukar grinste. »Aber du?« Er zögerte. Die Leute starrten noch immer zu ihnen herüber, also setzte er sich.

»Ich weiß genug.« Sie ballte die Fäuste. »Du bist ein Einbrecher.«

DeeDee stand auf und zog ihre Freundin am Ärmel zu sich auf die Bank. Widerwillig ließ Lita es zu. »Ein Einbrecher? Stimmt das?« Ungläubig musterte DeeDee ihn.

Er versuchte es mit seinem ehrlichsten Lächeln. »Nun. Ich ... Ich hatte da eine Sache zu erledigen«, wollte er sich rausreden. »Und – es tut mir leid. Ich habe nicht aufgepasst. Sonst wäre ich Lita sicher nicht in die Arme gelaufen.«

»Das ist keine Antwort auf meine Frage! Was wolltest du im Turm und wie bist du reingekommen?«, zischte Lita.

»Es tut mir wirklich leid. Ich hatte es eilig – und ...« Er warf ihr seinen besten Hundeblick zu, doch das Mädchen reagierte mit einem wütenden Schnauben.

»Also, ihr habt euch in diesem unsichtbaren Turm getroffen?«, mischte sich DeeDee ein.

Die Gespräche rundherum waren zu empörtem Tuscheln gedämpft. Sicher kam bald die Security und warf ihn raus. Wenn er wegen dieser Lita hier Hausverbot bekam – dann ... sein Blick huschte zur Brille.

Lita hatte anscheinend seinen Blick bemerkt und griff nach Brille und Spiegel. Hastig verstaute sie die Sachen in ihrer Tasche. *Mist.*

DeeDee bedachte Lita mit einem stirnrunzelnden Blick. »Das geht jetzt weit über eine Wollfädensammlung hinaus, Lita. Wenn du weniger verrückt bist, als ich dachte, weil der Typ hier anscheinend auch Dinge sieht, die nicht real sind ... Dann bin ich die, die verrückt wird, oder?«

»Was? Nein! DeeDee, es ... es tut mir so leid. Ich wollte dir keine Angst machen, es ist nur ...« Wütend warf Lita Rukar einen Blick zu.

»Sekunde. Du bist keine von uns?« Irritiert sah Rukar DeeDee an. »Wie bist du denn drauf?«, fuhr er Lita fassungslos an. »Du kannst doch einem Menschen nicht einfach alles über die Welt erzählen!«

»DeeDee ist meine beste Freundin! Sie ist meine Familie! Sie würde mich nie hängen lassen. Im Gegensatz zu dir. Und nun hau ab, bevor ich deinen Schicksalsfaden verknote!«

Ein verzweifelter Zorn flammte in ihren Augen und Rukar wich instinktiv zurück. Dennoch hielt er ihrem Blick stand. Es war ein Kräftemessen und er hatte nicht vor, es zu verlieren.

»Wer will schon sein Schicksal erfüllen – verknotet oder nicht«, meinte er leichthin. Sie war zornig. Sehr sogar. Doch irgendetwas sagte ihm, dass er nicht die Ursache war. Er war nur zur falschen Zeit am falschen Ort.

Ein sarkastisches Lächeln umspielte ihre Lippen. »Meine Mutter sagt, ich hätte keines. Meine Großmutter besteht jedoch darauf, dass ich es erfülle.« Sie schnaubte verächtlich.

»Familien sind scheiße«, stimmte Rukar zu. Und anscheinend hatte sie eine besonders verrückte abbekommen.

DeeDee trat ihn unter dem Tisch. Doch das hatte er vorausgesehen und wich ihrem Tritt aus. »Halt dich zurück!«, fuhr sie ihn an. »Litas Mutter stirbt vielleicht.«

Betroffen sah er zu Lita, die jedoch die Augen verdrehte. »Meine Mutter liegt nicht direkt im Sterben. Meine Großmutter will sie jedoch umbringen. Sollte ich also plötzlich weg sein, hat sie es geschafft, Hannas Faden zu kappen, bevor ich geboren wurde.«

Sowohl DeeDee als auch Rukar starrten sie fassungslos an.

»Ja. Es ist kompliziert!«, blaffte Lita. Sie schnappte sich – auch das hatte er nicht kommen sehen – Rukars Kaffee und trank ihn aus. »Oh. Caffè Americano. Gute Wahl.«

Sie sah ihn herausfordernd an. »Raus mit der Sprache! Was hast du mit den Weberinnen zu schaffen? Du hast dich als Tegan verkleidet und bist bei uns eingebrochen. Warum?«

»Es war rein geschäftlich.« Damit hatte er alles und doch nichts gesagt.

Lita kniff wieder die Augen zusammen. Versuchte sie, genau wie Tegan, seinen Faden zu lesen? Er wollte sie mit einem flirtenden Lächeln ablenken, doch sie schob nur ihr Kinn vor und blieb angriffsbereit.

Wie hatte er eben nur glauben können, das Schicksal sei mal großzügig zu ihm?

Das Päckchen unter seiner Jacke drückte ihm auf die Brust. Litas Tasche mit der Brille lag direkt vor ihm. Konnte er sie ablenken?

»Geschäftlich ... im Turm ... du ... ein Mann?«, meinte Lita, als hätte er den dümmsten Witz aller Zeiten erzählt.

Er seufzte. »Ich spreche nicht über meine Aufträge. Teil des Berufsethos. Aber ja. Ich musste zu Elaine.«

Lita wurde bleich. »Wann?«

DeeDee hielt angespannt die Luft an. Wie die Zuschauerin eines Tennismatches saß sie da und beobachtete den Ballwechsel zwischen Lita und ihm.

Anscheinend regte Lita die Erwähnung der Obersten Weberin auf. Nervös kaute sie auf ihrer Unterlippe und fixierte ihn angespannt. Wusste sie, dass er Elaine entführt hatte?

Ihm wurde heiß. Nun hatte sich die erhoffte glückliche Fügung vollends als eine hinterlistige Falle des Schicksals erwiesen. Er hätte wissen müssen, dass es ihm nichts schenkte. »Vorhin ...«, sagte er vorsichtig.

»Ist sie frei?« Sie beugte sich über den Tisch. Er konnte sehen, wie aufgeregt sie atmete. Ihre grünen Augen funkelten. Sie war hübsch.

»Nun«, er räusperte sich. »*Frei* würde ich es nicht direkt nennen ...« Zum Glück war der Tisch zwischen ihnen. Dennoch würde es auch ihn Zeit kosten, von der Bank aufzuspringen. Eine Flucht war schwierig.

Er warf unauffällig einen Blick zu den anderen Tischen. Da Lita und er sich nicht mehr an die Gurgel gingen, hatte sich das Interesse der übrigen Gäste wieder auf ihre eigenen Belange verlagert.

In seinem Rücken, nur einen Meter entfernt, befand sich die Balustrade. Es war eine etwa hüfthohe Mauer, die in das steile, geschindelte Dach überging. Er saß an der falschen Ecke. Selbst wenn er von hier springen würde – ohne Anlauf konnte er die Straßenschlucht nicht überwinden. Abgesehen von dem Aufsehen, das eine Flucht über die Dächer verursacht hätte, war sie nur am anderen Ende des Dachgartens möglich. »Was interessiert dich so an Elaine?«, hakte er nach.

»Elaine ist meine Großmutter. Sie ist diejenige, die meine Mutter und mich auslöschen will.«

Sie hatte noch nicht ganz zu Ende gesprochen, da sprang Lita auf, hechtete über den Tisch und packte ihn am Kragen. *Shit!* Wie konnte dieses Mädchen ihn nur immer wieder überrumpeln? Ihr Gesicht war seinem so nah, sie hätte ihn küssen können. Doch sie wirkte eher, als würde sie ihm wehtun wollen.

Er packte ihr Handgelenk und drehte sich aus dem Griff, rollte sich von der Bank und sprang auf. Sie reagierte schnell, hechtete ihm nach und wollte ihn erneut zu fassen bekommen. Er wich zur Seite aus, rempelte jedoch gegen den Tisch, an dem noch DeeDee saß. Diese schrie auf, denn der Tisch kippte. Die Tassen zerscherbten auf dem Holzboden und DeeDee sprang auf den Blumentrog, um nicht vom Tisch getroffen zu werden.

Rukar verlor das Gleichgewicht und taumelte, als er über die Tischbeine stolperte.

»DeeDee!«, schrie Lita panisch. Sie warf sich vor, rammte dabei Rukar zur Seite und griff nach ihrer Freundin.

Rukar knallte auf den Boden und beobachtete voller Entsetzen, wie DeeDee vom Tisch getroffen wurde und nach hinten kippte. Das Schilf knickte unter ihrem Gewicht weg. Panisch ruderte sie mit den Armen, versuchte, Litas rettende Hände zu erwischen. Doch die wurde von der Barriere aus Tisch und Bänken von ihrer Freundin getrennt. Es fehlten nur Zentimeter.

Rukar sprang auf, hechtete zu DeeDee.

DeeDee fiel hintenüber, kippte über das Geländer, rutschte die Dachziegel entlang.

*Nein! Das darf nicht sein!*

Er warf sich über die Brüstung, eine Hand am Geländer, die andere nach ihr greifend – in die Leere.

DeeDee stürzte die drei Stockwerke in die Straße hinab.

# 19
# ELAINE

Elaine knickten die Beine weg, als der Swipe sie auf einen kühlen Steinboden spuckte. Für einen Augenblick blieb sie liegen, schloss die Augen und wartete, bis die Übelkeit nachließ.

Neben sich hörte sie Misano. Seine Schritte hallten auf den Steinfliesen. Wohin hatte er sie gebracht? In einen Kerker?

Langsam erhob sie sich, um den Schwindel nicht erneut heraufzubeschwören. Es roch nach Lavendel und ein warmer Luftzug strich ihr über die Wange. Blinzelnd blickte sie durch weiße Säulen hinab auf einen üppig blühenden Garten. Als sie sich umsah, wurde ihr bewusst, dass sie sich in einer Art Tempel befand. Oder besser gesagt, in einem Mausoleum.

Misano stand bei einem Sarg. Zara.

Sie seufzte. Also gut. Eine Entschuldigung und dann brachte er sie zurück. »Es tut mir wirklich leid«, sagte Elaine und ging zu ihm. »Ich verstehe deine Trauer. Aber so ist das Leben. Äon bestimmt, wann es endet und –«

Er wandte sich zu ihr um und sie konnte Whisky in seinem Atem riechen. »*Du* hast es bestimmt.«

»Äon hat es bestimmt.« Ihr Blick glitt zum gläsernen

Sarg, in dem Zaras Leiche aufgebahrt ruhte. Sie war eine schöne Frau gewesen. Ihre Gesichtszüge waren sanft und gütig.

»Äon?« Misano lachte bitter. »Äon schert sich doch einen Dreck um uns! Wir sind seine Erstgeborenen! Doch es hat uns verstoßen!«

»Euch verstoßen?« Am liebsten hätte Elaine laut gelacht. »Es hat euch mit der Macht über die Elemente gesegnet.«

Misanos Hand glitt über den Sarg. »Ich schenke dir all meine Zauberei, wenn ich deine Macht über das Leben bekomme.«

Elaine schnaubte und wandte sich ab. Das Mausoleum war auf einen Hügel erbaut. Makellos blauer Himmel, in der Ferne glitzerte ein Schloss im Sonnenlicht. Ohne jeden Zweifel befand sie sich in der Stadt der Unsterblichen. Sie brauchte einen Swipe, um in den Turm zurückzukommen.

Plötzlich packte Misano sie und riss sie zu sich herum. »Aber *du*«, zischte er sie an. »*Du* bist verantwortlich. *Du* hättest es ändern können. *Du* hast ihren Faden durchtrennt!«

»Niemand ist dafür verantwortlich! So ist es nun mal«, brauste Elaine auf und schlug seine Hand weg. »Glaubst du nicht, dass mir auch schon Menschen ans Herz gewachsen sind? Ich kann und darf mich aber nicht über die Anweisungen hinwegsetzen!«

»Du *willst* nicht. Du bist zu schwach!«

Bitter lachte Elaine auf. »Du hast keine Ahnung, Misano! Du weißt nicht, wie schwach ich war und welchen Preis ich nun dafür zahlen muss.« Nun war sie es, die ihn drohend ansah. »Und ich befehle dir, mich sofort zurückzubringen, sonst sind es unschuldige Menschen, die für mein Verbrechen bezahlen!«

Dröhnend lachte er los. »Du denkst, ich lass dich zurück in deinen netten Turm? Zu deiner Familie? Damit du weiterhin nach Lust und Laune töten kannst?«

Wut flammte in ihr auf und sie ballte die Fäuste. »Zum letzten Mal, Misano: Einzig Äons Wille entscheidet über den Tod. Leg dich mit ihm an. Ich habe nur seine Befehle ausgeführt!«

Doch Misano beugte sich zu ihr herab und sie spürte eine eisige Kälte, die von ihm ausging. »Du hast Zaras Faden gekappt!«

»Was willst du von mir? Eine Entschuldigung dafür, wie die Welt beschaffen ist?«

»O nein. Ich will, dass du spürst, was ich spüre.«

Verunsichert wich sie einen Schritt von ihm und Zaras Sarg zurück. Was meinte er damit?

»Du wirst die Kälte spüren, die Zaras Tod in mir entfacht hat.« Er schnippte und eine blaue Flamme tanzte auf seinen Fingerspitzen. »Du wirst den quälenden Schmerz der Hilflosigkeit spüren. Hoffnungslosigkeit wird sich in dein Herz fressen und du wirst keine Tränen mehr haben, um dich selbst zu beweinen.«

Ihr stockte der Atem und sie wich noch weiter vor ihm zurück. Die blaue Flamme wuchs knisternd in seiner Hand.

Misano war vor Trauer wahnsinnig geworden! Absolut unzurechnungsfähig! Ängstlich sah sie sich um, doch hier oben in Zaras Gedenkstätte war niemand. Sie war ihm ausgeliefert. »Was redest du da? Ich bin die Oberste Weberin! Du kannst mir nicht drohen!« Zu ihrem Entsetzen bemerkte sie, dass Wind aufgekommen war und zischend um die Säulen strich. »Swipe mich zurück! Sofort!«

»Du hast Zara ermordet«, sagte er frostig. »Du hast mir jegliches Licht und Wärme genommen. Und nun wirst du dafür bezahlen. Es ist mir egal, wie hoch der Preis ist. Ich hätte alles gegeben für Zaras Leben!«

Die Luft ballte sich hinter ihm zusammen und knisterte gefährlich. Von seiner Hand zuckten blaue Flammen und die Luft explodierte in einem eisigen Blitz.

Mit einem Schrei warf sich Elaine zu Boden. Der Blitz durchfuhr ihren Körper. Alles knackte und knisterte um sie herum. Die Luft stach wie tausend Nadeln in ihren Lungen und ihr wurde schwindelig.

»Mach es dir gemütlich.« Misanos Stimme dröhnte wie ein Sturm, dann blitzte Licht und Totenstille folgte.

Elaine zitterte am ganzen Körper. Kälte nagte an ihrer Haut und ihr Atem verwandelte sich vor ihrem Mund in Wölkchen. Sie konnte nichts sehen. Sein Zauber hatte sie mit einem eisblauen Nebel umhüllt.

»Misano!« Ihr Rufen klang seltsam dumpf.

Für einen Moment verharrte Elaine in ihrer zusammengekauerten Stellung. Es war so kalt. Ihr Knie schmerzte. Sie hatte es sich beim Sturz verletzt.

»Misano! Bring mich zum Turm! Jetzt!«, brüllte sie in die Stille. Doch ihr Ruf blieb unbeantwortet.

Als sie sich umständlich aufsetzte, um ihr Knie zu schonen, begann der Boden zu schwanken.

»Was ist das?« Elaine streckte die Arme von sich, um das Gleichgewicht zu halten, aber ihre Finger stießen rechts und links gegen Wände. Eiskalte Wände.

Erschrocken starrte sie die bläuliche Nebelwand an. Unter der Berührung ihrer Finger begann das Blau zu knistern und wurde heller. Voller Entsetzen beobachtete sie, wie der Nebel sich immer schneller in eine durchsichtige, aber feste Wand verwandelte. Eine Wand aus Eis!

Voller Panik fuhr sie herum und begriff: Misano hatte sie in Eis eingeschlossen! Sie war in einem Kubus gefangen, dessen Wände, Boden und Decke aus purem Eis bestand!

Weil sie so hektisch herumfuhr, begann ihr Gefängnis zu pendeln. Ängstlich stemmte sie sich gegen die Wände. Die Kiste bot gerade so viel Platz, dass sie stehen oder sich zusammengerollt setzen konnte.

Sie spähte zwischen ihren Füßen hindurch und augenblicklich wurde ihr übel. »Misano! Nein! Misano!« Ihre schrillen Schreie hallten nur dumpf in ihrer Zelle wider. Der Unsterbliche hatte ihr eisiges Gefängnis über Zaras Sarg gehängt.

Sie schwebte drei, vielleicht vier Meter über der Toten und fünf oder sechs Meter unter der Kuppel. Sie war vergoldet und mit kunstvoll gemalten Blumenranken verziert. Doch einen Haken oder gar ein Stahlseil konnte Elaine nicht erkennen. Also hielt Magie sie in der Luft. Misanos Wille. Sie war ihm schutzlos ausgeliefert.

Erneut drückte Elaine die Hände gegen die durchsichtigen Wände. Sie rührten sich keinen Millimeter. Nur die eisige Kälte stach ihr in die Haut.

*Niemand wird mich hier finden.*

Sie bemerkte die riesigen Blumenbouquets, die Zaras Sarg umrahmten. Auch diese Blumen hatte Misanos eisiger Zorn überzogen. Für immer würden sie hier stehen. Unverändert, erstarrt für alle Ewigkeit.

Elaine ließ sich auf den Boden sinken. Kälte kroch ihr in die Knochen.

»Äon?«, flüsterte sie. »Ich hoffe, das ist Teil deines Plans. Ich akzeptiere meine Strafe. Doch, bitte, lass mich meinen Fehler wiedergutmachen. Ich lösche Hanna aus! Aber lass die Welt nicht wegen meines Egoismus enden!«

## 20

# TEGAN

»Warte!«, rief Tegan Winnie nach. »Ich nehm die Treppe!« Enttäuscht blickte sich das Mädchen zu ihr um. Mit hängenden Schultern sprang sie vom Ast herab auf einen der Wege, die durch den Schicksalsbaum führten. Von dort trat sie auf die breite Treppe, die sich um den Baum hinauf in die Turmspitze wand.

Sie waren durch das Astwerk geklettert, um vom Archiv, das sie durch ein Fenster auf der Rückseite verlassen hatten, zu Elaine hinaufzugelangen. Doch Tegan war keine gute Akrobatin. Es war schneller und einfacher für sie, wenn sie den normalen Weg nahmen.

»Xaria wird uns doch keinen Suchtrupp nachschicken, oder?« Vorsichtshalber sah Tegan sich um. Aber die Weberinnen auf der Treppe gingen alle ihren üblichen Geschäften nach, brachten Früchte zur Spinnerei und schlenderten in Grüppchen durch den sonnendurchfluteten Turm. Keine von ihnen schien beunruhigt oder gar alarmiert.

»Nein«, grummelte Winnie. »Aber auf diesem Weg dauert es länger.«

»Für dich. Nicht für mich.« Tegan eilte mit großen Schritten hinauf. In Gedanken versuchte sie, all die Neuigkeiten zu sortieren. Womit sollten sie anfangen? Dass Rukar in den Turm eingebrochen war? Dass er vorher Tegan beraubt hatte? Oder dass irgendwer seine Prophezeiung verstümmelt und den Rest im Archiv versteckt hatte?

Was war auf der Ecke zu sehen, die abgetrennt worden war? Welche Tat würde dieses Halbblut vollbringen? Ein Gefühl sagte Tegan, dass es nichts Gutes war.

»Winnie –« Tegan blickte auf den Stoff, den Winnie in ihre Tasche gestopft hatte. Eine Ecke lugte heraus und wippte bei jedem Schritt. »Was hast du in der Prophezeiung gesehen?«

»Einen gut aussehenden jungen Mann ...« Sie grinste, als sie Tegans ungläubigen Gesichtsausdruck sah. »... diese verwuschelten Haare!« Sie knuffte Tegan im Rennen frech in die Seite.

»Winnie!«, entrüstete sich Tegan. »Er ist eine Gefahr! Für uns alle!« Sie musste Luft holen und verlangsamte ihre Schritte. »Ich hab auf seinem Teppich nur Nebel gesehen. Das bedeutet, dass der Kerl für mich mehr ist als nur ein kurzfristiges Problem. Es gab keine Stelle, an der ich irgendwas erkannt habe!« Bei dem Gedanken knüllte sich etwas in ihrem Magen zu einem Klumpen zusammen.

Winnies Mund wurde schmal. Sie konzentrierte sich aufs Laufen und blieb Tegan eine Antwort schuldig. »Ich frage mich, wieso seine Kindheit fehlt. Meinst du, er hat sie gestohlen? Aber warum dann nicht gleich die gesamte Prophezeiung?«

»Konntest du die Entführung von Litas Mutter sehen? Oder was er im Turm gesucht hat?«

»Ich hatte nur einen flüchtigen Blick!«, antwortete Winnie ungehalten.

Tegan blieb stehen und musterte Winnie scharf. »Du verschweigst mir etwas! Hast du mich gesehen?« Sie versuchte, ruhig zu bleiben. Am liebsten hätte sie sich jedoch von Winnie den Teppich Faden für Faden vorlesen lassen. Doch Winnie durfte ihr nichts sagen. Denn Tegan war offensichtlich Teil von Rukars Geschichte. Winnie würde die Geschehnisse in dem Augenblick selbst vergessen, in dem sie sie ihr verraten wollte. Auch Winnie würde dann nur noch Nebel sehen.

Fast etwas beleidigt erwiderte Winnie ihren Blick. »Wieso sollte ich dir etwas vorenthalten?«

»Für mich ist alles grau. Du hast aber seine Taten gesehen. Sie haben etwas mit mir zu tun. Und ich glaube, es wird unschön. Richtig?«

Winnie drückte die Tasche mit der Prophezeiung eng an sich, als hätte sie vor etwas Angst. Etwas, das nicht aus der Tasche entkommen durfte.

Schweigend gingen sie weiter.

»Es ist okay«, flüsterte Tegan kurz vor Elaines Loft, da sie Winnies Schweigen nicht mehr aushielt. »Es ist mein Schicksal. Jackson wird nach Michigan gehen und eine andere heiraten.« Sie musste an das Ticket denken, das Rukar ihr geschenkt hatte. Sie hatte vorgehabt, die Weberinnen zu verlassen, um mit Jackson zusammen zu sein. Doch wie es aussah, tat das Schicksal alles, um sie daran zu hindern.

»Ich hoffe, Rukar bringt mich um«, meinte Tegan, bevor sie an Elaines Tür klopfte.

Doch Elaine antwortete nicht.

»Sag das nicht«, flüsterte Winnie.

»Es ist egal. Das Schicksal geschieht so oder so. Aber wir müssen Elaine darüber informieren, was passiert ist. Wenn sie es nicht sowieso längst weiß.«

Tegan klopfte erneut. Diesmal lauter. Zu ihrer beider Überraschung schwang dabei die Tür ein Stück auf.

Alarmiert sah Tegan Winnie an und schob sich vor die junge Weberin. »Bleib hinter mir«, flüsterte sie. »Elaine?«, rief sie und drückte die Tür ganz auf.

Stille.

Zögernd betrat Tegan den Wohnraum. Die Sonne stand hoch und warf kurze Schatten in das von der Glasspitze eingefasste Loft. Es war leer. Niemand zu sehen, doch in der Küche klapperte etwas.

»Elaine?«

Tegan bemerkte die offene Kühlschranktür. Offenbar holte Elaine gerade –

»Guten Tag, die Damen.« Grinsend tauchte Jin hinter der Kühlschranktür auf. Er drückte sie zu und ließ ein Schächtelchen in seiner Jackentasche verschwinden.

»Raus hier! Lauf, Winnie! Alarm! Wir müssen« – Weiter kam Tegan nicht. Ein Schnipsen, und Winnie, die sich hinter ihr geduckt hatte, brach zusammen. Immerhin reagierte Tegan schnell und fing das Mädchen auf, bevor es auf dem Boden aufschlug. Doch da hörte sie schon ein zweites Schnippen. Schwärze legte sich über sie und ihr Bewusstsein versank im Nebel. Sie spürte noch den dumpfen Aufschlag, als sie neben Winnie zu Boden krachte. Dann versank sie in Bewusstlosigkeit.

## 21
# LITA

Wie ich sehe, bist du unversehrt vom Baum heruntergekommen.«

Lita musste gar nicht aufsehen. Diese Stimme hatte sich in ihr Gedächtnis gebrannt. Wie hatte er sie gefunden? Diesmal ließ sie sich nicht von ihm überrumpeln! Bevor er etwas unternehmen konnte, schleuderte sie ihm ihren Kaffee entgegen.

Doch leider hatte er eine verdammt gute Reaktionszeit und schaffte es auszuweichen.

»Du! Was hast du im Turm gemacht! Wie bist du reingekommen!«, fuhr sie ihn an. Sie spürte, wie ihre Angst in Wut umkippte.

Dieser Kerl verzog sich besser sofort! Jeden Augenblick konnte ihr Leben vorbei sein. Dieser Mistkerl sollte nicht das Letzte sein, das sie sah!

DeeDee warf erst ihr einen überraschten Blick zu, dann dem Kerl. Lita konnte sich ziemlich gut vorstellen, welche Schlüsse DeeDee gerade zog.

»Sorry. War vermutlich nicht meine beste Vorstellung.« Er lächelte, versuchte, sie mit seinem Charme einzuwickeln. »Darf ich es wiedergutmachen? Ich bin Rukar.« Er warf Lita nur einen flüchtigen Blick zu und wandte sich stattdessen an DeeDee. »Und mit wem habe ich die Ehre? Lita und ...?«

Lita war sprachlos. Da wagte es dieser Scheißkerl, DeeDee tatsächlich einen Handkuss aufzudrücken! Natürlich war DeeDee völlig geflasht. Und als Nächstes würde er sie fesseln und am Schilf festbinden ...

»Wow. Oh«, stammelte DeeDee und lächelte ihn strahlend an. »Ich bin DeeDee.«

Das ging zu weit! »Verschwinde!« Der Typ war in den Turm eingebrochen. Letztendlich war Lita das inzwischen egal. Wie auch immer ihre nächsten Minuten ablaufen würden, den Turm betrat sie mit Sicherheit nicht noch einmal. Die Weberinnen konnten ihr gestohlen bleiben. Sie würden ihre Mutter umgebracht haben. Wütend hechtete sie über den Tisch auf diesen Rukar zu. Wenn er nicht freiwillig ging –

»Wie –« Völlig überrumpelt, wich er in letzter Sekunde aus, verschüttete jedoch dabei seinen Kaffee. Er starrte sie an, als sei sie vollkommen irre, und sie feuerte einen zornigen Blick zurück. Aber statt endlich abzuhauen, stellte er den Becher auf ihren Tisch und verstaute erst mal sein Päckchen in der Innentasche seiner Jacke. Dabei umklammerte er es, als hinge sein Leben daran. Angeber. Er trug so eine steampunkige Retromarinejacke. Und kam sich damit sicher endlos cool vor.

Sein Blick suchte den ihren. Kaum merklich schüttelte er den Kopf, als wollte er ihr irgendein geheimes Zeichen geben. Lita ballte die Fäuste. War er doof? Wenn er sich nicht gleich verzog, würde sie um sich schlagen und ihn anschreien, bis die Polizei ihn abführte.

»Können wir reden?« Er sagte es leise und langsam, als ob sie schwer von Begriff wäre. »Ich würde mich wirklich sehr gerne entschuldigen.«

»Gib ihm doch eine Chance, Lita«, mischte sich DeeDee ein und forderte ihn mit einer Geste auf, sich zu setzen. »Ich würde gerne hören, wie du von diesem schicksalhaften Baum runtergeklettert bist.«

»DeeDee! Was ich dir gesagt habe, geht den Kerl nichts an!« *Nein, DeeDee! Fall nicht auf diese Haare und das Lächeln rein!*, versuchte sie, ihrer Freundin eine telepathische Warnung zu senden. Lita war so wütend auf diesen Kerl.

»Aber er scheint doch genauso viel zu wissen wie du! Außerdem schmeißen sie uns sonst gleich aus der Bar raus, wenn ihr hier einen auf Beziehungsdrama macht.« Mahnend sah DeeDee sie an.

Ja, genau. Sie würden *ihn* rausschmeißen! »Du hast keine Ahnung, wer das ist!«

»Lita hat recht«, mischte er sich ein. »Wir sollten unsere Bekanntschaft dabei belassen.« Er deutete eine Verbeugung an. »Genießt noch den schönen Tag.«

Er wandte sich ab, um zu gehen.

Wie bitte? Verblüfft starrte Lita ihn an. Der Kerl hatte sie in einen Baum gehängt und dort hilflos zurückgelassen. Er war ihr noch eine Antwort schuldig. Sie setzte ihm nach und packte ihn an seiner dämlichen Jacke. »Du bist ein Einbrecher. Und du wirst mir jetzt erklären, was du im Turm wolltest und wie du überhaupt reingekommen bist!«

Rukar erstarrte.

»Stimmt das?« DeeDee saß noch am Tisch, ihre Tasse

umklammert, als wäre es das Einzige, auf das noch Verlass war.

»Das kann doch jetzt nicht wahr sein!« Genervt drehte sich Rukar zu Lita um. »Wer bist du? Ich versuche, hier gerade alles in Ordnung zu bringen. Denn ich bin mir eigentlich ziemlich sicher, dass es nicht DeeDees Schicksal ist, von einem Dach zu stürzen.«

»Wie bitte?«, kiekste DeeDee hinter ihnen und rückte an das äußerste Ende der Bank, weg von der Dachkante.

»Lass DeeDee da raus!« Lita sah Rukar warnend an. »Sie ist ein Mensch«, zischte sie.

»Ich weiß, dass sie nicht Teil deiner und meiner Welt ist. Das hatten wir schon. Ich gehe jetzt, bevor sie noch mal abstürzt.« Er schlug ihre Hand weg und wollte gehen.

Doch Lita stellte sich ihm in den Weg. Wovon redete der Kerl? »*Noch mal?* Was meinst du damit?«

Sein Blick traf den ihren und sie zuckte für einen Wimpernschlag zusammen. Er war sauer. Und ungeduldig, das war eindeutig. Aber auch nervös. War er ein Unsterblicher? Sein Benehmen war arrogant genug dafür.

»Also gut«, meinte er plötzlich. »Wenn du noch nicht genug hast – vielleicht noch das: Deine Großmutter hockt nicht mehr in diesem Geheimraum. Ich fürchte, sie hat jetzt andere Probleme.«

Lita taumelte einen Schritt zurück. Elaine war entkommen! »Sie ist weg?« Ihre Stimme zitterte. Ihr ganzer Körper zitterte. Wo war Hanna? Panisch sah sie sich zum Turm um. »Sie ist nicht mehr in der Kammer …« War ihre Mum schon …? Sie wich zum Tisch zurück. Sie musste sich an etwas abstützen, denn ihr wurde schwindelig.

»Ich habe sie entführt.« Mit diesen Worten wandte Rukar sich ab und ging zum Ausgang.

Lita sah ihm nach. Ihr Herz pumpte im Akkord, doch sie hatte das Gefühl, gleich umzukippen. *Entführt. Er* hatte Elaine entführt.

*Ich fürchte, sie hat jetzt andere Probleme.* Bedeutete das, Elaine war nicht mehr im Turm? Lita schnappte nach Luft.

»Lita?«, hörte sie DeeDees besorgte Stimme neben sich. Aber ihr Blick, ihre ganze Konzentration galt Rukar, der sich auf den Ausgang zu bewegte. »Sie kann nicht in den Weltenraum«, wiederholte sie laut ihre Gedanken. »Mum ist gerettet!« Getragen von einer Welle explodierender Freude, stürzte sie Rukar nach. Er hatte Elaine daran gehindert, ihre Mum auszulöschen! Dafür war sie ihm unendlich dankbar. »Rukar!«

Er schien sich unter ihrem Ruf wegzuducken und fuhr herum, als wolle er einen Angriff abwehren.

Doch Lita warf sich ihm in die Arme und drückte ihn innig. »Danke! Danke! Danke!«

Einige der Gäste johlten und applaudierten. Vermutlich dachten sie, ein Liebespaar hätte sich gerade wieder versöhnt.

Lita fühlte sich leicht und endlos glücklich. »Du hast uns gerettet!« Gerade noch rechtzeitig kam sie zur Besinnung. Vor lauter Glück hätte sie ihn beinahe geküsst. Hastig trat sie zurück und wusste, dass ihre Ohren knallrot waren. Doch das war ihr herzlich egal. *Mum ist gerettet!* Rukar jedoch schien überhaupt nicht happy zu sein. Er schob sie von sich weg und sah unsicher zu DeeDee. Die starrte die beiden einfach nur an, als würde sie einen Thriller im Kino erleben.

»Lass mich gehen«, sagte er eindringlich.

Da griff Lita nach seiner Hand und zog den völlig perplexen Rukar zurück zum Tisch. »Du musst mir alles erzählen!« Sie strahlte ihn an und vielleicht war seine Jacke doch gar nicht so bescheuert. Irgendwie sah er damit ein bisschen wie ein Held aus.

DeeDee hatte Litas Sinneswandel mit offenem Mund verfolgt. »Lita ...?«, begann sie unsicher.

»Es gibt eine Chance, dass der Bus doch nicht kommt, DeeDee!« Lita wandte sich Rukar zu und achtete nicht weiter auf DeeDees verwunderten Blick.

»Also bist du deshalb in den Turm eingebrochen? Um Elaine aus dem Turm zu entführen? Was hat sie dir angetan?«

»Kannst du ...« Er deutete ziemlich verwirrt auf ihre Hände, die noch immer seine festhielten.

»Oh.« Noch mehr Blut schoss in ihre Ohren. »Natürlich.« Sie ließ los, wusste nicht, wohin mit ihren Händen, und vergrub sie schließlich in den Taschen ihres Parkas. Es war ihr mehr als unangenehm. Vermutlich dachte er, sie hätte ihm seinen Übergriff im Turm verziehen. Das hatte sie nicht. Aber ... wow! Elaine konnte den Faden ihrer Mum nicht durchschneiden! Er hatte Hanna im wahrsten Sinn des Wortes das Leben gerettet!

Verunsichert sah er erneut zu DeeDee. Die zuckte mit den Schultern. »Eigentlich ist sie nicht so impulsiv«, meinte sie. »Und sie ändert ihre Meinung auch nicht alle paar Minuten ...« DeeDee sah Lita mahnend an, doch Lita hörte ihr gar nicht zu. Noch immer starrte sie Rukar an. Allmählich beruhigte sich ihr Puls und ihre Gedanken begannen, sich zu ordnen.

*Mum lebt! Egal, ob sie bei Jin war und ob er mich tatsächlich beschützen wird ... Ist es jetzt nicht alles ganz anders, als Elaine dachte?* »Es gibt eine Chance!«, murmelte sie.

»Worauf?«, fragte Rukar. Er schien noch immer darauf gefasst, jeden Moment einem Wutanfall von Lita ausweichen zu müssen.

»Setz dich!« Sie lächelte ihn auffordernd an und nahm selbst auf der Bank neben DeeDee Platz. Die Brille und der Spiegel lagen auf dem Tisch. Nachdenklich zog sie die Sachen zu sich. Was sollte sie jetzt tun?

»Lieber nicht.« Er sah sich unsicher um. Doch die anderen Gäste hatten sich schon längst wieder ihren Salaten, Sandwiches und Gesprächen zugewandt.

Lita musste lachen. »Du brichst bei uns ein, entführst Elaine und traust dich nicht, mit zwei harmlosen Mädels am Tisch zu sitzen?«

»Ihr seid nicht so harmlos, wie ihr tut.« Er verschränkte die Arme und sah sie scharf an. Seine Haare waren völlig zerzaust, als wüsste er nicht, wozu man einen Kamm benutzte.

»Sekunde, Lita.« DeeDee hob die Hand wie in der Schule. »Nur mal eine kurze Zusammenfassung für all jene, die irgendwie den Einstieg verpasst haben: Er ist in diesen mystischen Turm eingebrochen? Und hat deine Großmutter entführt? Und das ist jetzt super, weil die dann deine Mutter nicht aus der Welt löschen kann ...?«

»Ich schätze, das schlägt die Wollfädensammlung im

Verrücktheitsranking um Längen«, gab sie zu. Sie klopfte erneut auf die Bank vor sich und blickte zu Rukar auf. »Setz dich endlich. Ich will wissen, warum du Elaine entführt hast und wo sie ist. Du musst mir Rede und Antwort stehen. Das schuldest du mir. Schon allein wegen der Sache im Baum.«

Für einen Moment dachte Lita, er würde gleich über das Dach springen, um vor ihr zu fliehen. Doch dann schien er abzuwägen. »Wenn ich dir deine Fragen beantworte – hilfst du mir dann?« Sein Blick lag auf der Weberinnenbrille, mit der sie herumspielte.

»Wobei könnte ich dir helfen?« Sie musterte ihn. Er war stark, geschickt und schnell. Die Art, wie er durch die Äste des Schicksalsbaums geturnt und ihrem Kaffee ausgewichen war, zeigte, wie athletisch er war. Sein Kleidungsstil zeugte allerdings von einem Rollenspielspleen oder Cosplay. Die Lederstiefel, Marinejacke und der Gürtel, an dem etliche seltsame Gegenstände baumelten. Es war mutig, damit einfach so rumzulaufen. Und Lita ertappte sich dabei, dass sie seine Erscheinung ziemlich sexy fand. Sie räusperte sich. »In den Turm kommst du doch ganz gut ohne Hilfe.«

Unter seiner Jacke zog er das Päckchen hervor, das er vorhin so sorgsam verstaut hatte. Das Papier war vergilbt und ziemlich knittrig. Er setzte sich vor sie und legte es auf den Tisch. Neugierig schob sich DeeDee näher heran, während er das Papier auseinanderschlug.

Lita stieß einen Pfiff aus. »Ist es das, wonach es aussieht?«

Der Stoff war vielleicht so groß wie ein Bogen Papier.

Die Fäden schimmerten im Sonnenlicht, was ihre Leuchtkraft noch verstärkte. Es war eindeutig ein Stück einer Prophezeiung. Jemand musste es von einem Teppich abgeschnitten haben. Wie kam es in seine Hände? Und warum war es ihm offenbar so wichtig?

»Wow. Ein grauer Stoff!« DeeDee seufzte. »Also, so viel kann ich dir schon mal verraten«, wandte sie sich an Rukar. »Bei Lita bist du damit an der richtigen Adresse. Ich wette, sie wird dir genau sagen können, wann das Ding hergestellt und welches Garn dafür verwendet wurde. Sie ist unsere Weberqueen.«

Endlich lächelte er. »Weberqueen?«

»Sie ist ein Mensch«, erinnerte Lita ihn und warf DeeDee einen tadelnden Blick zu. Aber die grinste sie nur an. Für DeeDee war das hier ein Flirt. Doch das war es nicht. Lita brauchte Antworten, um die Welt zu retten, und Rukar ...

Sie strich nachdenklich über den Stoff. »Du beantwortest all meine Fragen und ich lese dir vor, was hier geschrieben steht.«

Stirnrunzelnd rückte DeeDee noch näher und starrte den Stoff an.

»Deal«, sagte Rukar. »Ich hol uns schon mal Kaffee.«

## 23
# HANNA

Hey, du!« Hanna ging inmitten der Leute, die über den Platz bei Marble Arch eilten, in die Knie und streckte die Hand aus, auf die sie ein paar Cornflakes gestreut hatte. Für Notfälle hatte sie stets eine Handvoll in einer kleinen Tüte bei sich. Man konnte nie wissen, wann man Hilfe brauchte.

Die Taube legte den Kopf schief und kam ruckend näher. Argwöhnisch beäugte sie die Flakes.

»Bitte, es ist dringend!« Hanna ließ noch ein paar Flakes auf ihre Handfläche fallen.

Der Platz hinter dem Triumphbogen war wie immer sehr belebt. Touristen strömten zwischen Hyde Park und Oxford Street hin und her, nutzten die vom dichten Londoner Verkehr umtobte Insel, um noch schnell ein Foto von dem marmornen Bogen zu knipsen. Die U-Bahn spuckte in stetigem Rhythmus Menschenwolken aus, die in beide Richtungen über die stark befahrenen Straßen quollen. Fahrradfahrer und Skater wischten durch die Fußgänger. Kinderwagen versperrten Durchgänge, ein Ballonverkäufer versuchte, lautstark auf sich aufmerksam zu machen. Rote Busse drängten sich vor den Ampeln, Kinder lachten, weinten, Touristen standen im Weg, weil sie Selfies aufnahmen, und über allem lag der Lärm der Motoren und warnenden, ungeduldigen Hupen.

Weder Hanna noch die Taube ließen sich von all der Hektik und dem Trubel ablenken. Auch die Leute schenkten ihnen keine Aufmerksamkeit, denn Hanna war für sie dank Elaines Weberinnenmantel, den sie sich übergezogen hatte, unsichtbar.

Ihren Kopf immer wieder skeptisch drehend, kam die Taube auf Hanna zu.

»Sag Jin, dass ich ihn sprechen muss. Es ist dringend!«

Die Taube pickte die Flakes auf und ruckte mit dem Kopf.

»Ich möchte mit ihm einen Handel abschließen.« Kaum hatte Hanna das Wort *Handel* ausgesprochen, flatterte die Taube erschrocken auf. Die Welt verstummte. Schlagartig war kein Hupen, Lachen, Rufen oder Dröhnen der Motoren mehr zu hören.

Überrascht stand Hanna auf und sah sich um. Die Leute flanierten und eilten noch immer über den Platz. Aber irgendwer hatte den Ton abgedreht.

»Jin?«

»Sie hören uns nicht«, sagte er direkt hinter ihr.

Hanna zuckte zusammen und fuhr zu ihm herum.

»Netter Zauber, oder?«, meinte er selbstgefällig. »Diese Stadt ist so laut. Erfrischend, sie endlich mal stumm zu schalten.« Er beobachtete ein Kind, das einer Taube nachjagte. Es rannte direkt auf ihn und Hanna zu. Es konnte weder Hanna, geschützt vom Zauber des Mantels, noch Jin wahrnehmen. Dennoch wich es ihnen aus, sauste um sie herum dem flatternden Vogel nach. »Was willst du, Hanna? Die Taube sagte, du möchtest einen Handel?«

»Vielen Dank, dass du dir so schnell Zeit genommen hast.« Sie wusste, dass man Jin schmeicheln musste, wenn man etwas von ihm wollte. Und ihre Bitte war immens. Würde Jin so einen mächtigen Bann überhaupt wirken können?

Zweifelnd musterte sie den schlanken Mann, der mit seinem verknitterten taubenblauen Jackett und den verstrubbelten Haaren wie die Unzuverlässigkeit in Person aussah. Ein Abziehbild des Geschäftsmanns, der die Nacht auf der Parkbank verbringt, weil er all sein Geld bei einer Partie Poker durchgebracht hat und nicht wusste, wie er es seiner Frau beibringen soll.

»In der Tat ist meine Zeit wertvoll und begrenzt.« Er grinste.

Hanna ging auf sein Witzchen ein und lachte. »Natürlich. Ihr Unsterblichen habt nie genügend Zeit. Es muss erschöpfend sein.«

Jins Miene verfinsterte sich. »Mach keine dummen Witze über die Unendlichkeit. Ihr Weberinnen habt doch keine Ahnung, was es heißt, ohne Faden zu sein, zur Unsterblichkeit verdammt.«

»Natürlich nicht.« Sie senkte betroffen den Blick. War sie zu weit gegangen? Hatte sie ihre Chance schon verspielt, bevor sie ihre Bitte überhaupt vorgetragen hatte? »Es – also, ich möchte dich um – um ein Wunder bitten.«

Das Wort *Wunder* ließ Jin aufhorchen. »Darum hat mich schon lange niemand mehr gebeten. Was ist nur bei euch los, Hanna?«

Unsicher sah sie ihn an. Seine hellblauen Augen blitzten vor Neugier. »Was meinst du?«

»Ganz schöne Turbulenzen bei euch, gurren die Tauben. Man hört von Entführungen ... Familiendramen ...«

Hanna lief ein Schauer über den Rücken, während Jin sie amüsiert musterte.

»Aber es freut mich, dass Elaine ihre Meinung geändert hat und du wieder auf freiem Fuß bist. Wie geht es deiner wundervollen Tochter?«

Das Tauben jagende Kind kam wieder zurück und rannte haarscharf an Hanna vorbei. Ihr Mantel bauschte sich, doch sie registrierte es kaum. Geschockt starrte sie Jin an.

»Was weißt du von Elaine und Lita?« Wie konnte er davon wissen! Niemals hätte Elaine Jin gegenüber eingeräumt, einen Fehler begangen zu haben.

»Ach, ich bitte dich! Die Tauben sehen alles! Es gibt in dieser Stadt keine Geheimnisse vor mir.«

Langsam atmete Hanna ein. Wenn er also über die Situation im Bilde war, umso besser. »Dann hilf ihr! Bitte, Jin, du hast die Macht dazu! Beschütze Lita!«

Nachdenklich runzelte er die Stirn, beobachtete den stumm gestellten Ballonmann, der einem Kind einen Roboter knotete. »Einen Schutz? Wovor soll ich denn das arme Ding genau beschützen?« Er sah sie grinsend an. »Vor dir oder ihrer Großmutter?«

Sie schauderte. Vor ihr? Fast hätte sie die Fassung verloren. Wollte er sie provozieren?

»Nun komm schon, ich bin doch nicht blind und taub. Du wurdest durch einen meiner Schwarzmarktzauber entführt – Elaine hat doch nicht wirklich gedacht, dass ich meine Explosion nicht bemerken würde. Und dann dein hübsches Töchterchen, das sich von einem Glückskami küssen lässt, um mich aufzuspüren.« Er beugte sich zu ihr vor und sprach unnötigerweise ganz leise. »Wie hat sie reagiert, als sie die Wahrheit über Elaines Tat herausgefunden hat?«

Sprachlos stand Hanna da und kam sich unendlich dumm vor. Sie versuchte, einen Deal mit Jin zu machen, dem Schlimmsten aller Unsterblichen! Hatte Lita recht? Konnte sie mit Jin überhaupt einen fairen, ehrlichen Handel eingehen? Aber es gab keine andere Möglichkeit. Er war Litas einzige Chance. »Na gut! Wenn du also bereits so gut im Bilde bist, dann bitte ich dich noch einmal!« Sie sollte Jin gegenüber nicht laut werden. Seine Launen waren unberechenbar. Doch die Zeit rannte. Bald könnte eine Weberin Elaine befreien und dann würde sie sofort Hannas Faden kappen. »Ich will, dass Lita diese Geschichte unverletzt übersteht. Sie soll und muss überleben.«

Für einen kurzen Moment wirkte Jin überrascht. »Kannst du das präziser benennen? Was genau ist denn die *Geschichte*?«

Hanna zögerte perplex. Wusste er etwa doch nicht alles? Hatte er nur gepokert und sie geblendet? »Die Geschichte ist für dich nicht wichtig. Es zählt allein, dass du Lita davor schützt, ausgelöscht zu werden, wenn Elaine mich in der Vergangenheit kappt.«

Theatralisch seufzte Jin und massierte sich die Nasenwurzel. »Ach, Weberin! In deiner simplen Welt möchte ich mal leben. Hast du auch nur die leiseste Vorstellung davon, wie die Macht der Unsterblichen funktioniert? Nur wenn ich alle Umstände genau kenne, wenn mir die Position jedes Teilchens in dieser *Geschichte* bekannt ist, kann ich etwas tun.« Er zuckte mit den Achseln. »Ansonsten kommen eselsköpfige Zwerge dabei heraus. Ein Wunder ist doch kein Partygag!«

Nervös knetete Hanna den Ärmel des Mantels. Sollte sie Jin alles offenbaren? Offensichtlich kannte er bereits etliche Details. Spielte es da noch eine Rolle? Ihr Herz raste. Angst schlang sich immer fester um ihren Hals. Jeden Augenblick würde sie fort sein. Und Lita ebenfalls. Jahrelang hatte sie darüber gegrübelt, was sie tun würde, wenn der Tag käme. Nun war er da. Sie konnte sich keine Zweifel mehr leisten. Sie konnte ihre eigene Auslöschung nicht verhindern. Ihr Tod war notwendig, um die Menschen zu retten. Doch Lita war unschuldig. »Lita hat keinen Schicksalsfaden, weil sie nie geboren werden sollte«, platzte sie heraus.

Diese Tatsache machte Jin offensichtlich sprachlos. Er setzte zwei Mal an, um etwas zu sagen, doch am Ende stieß er nur ein »Heilige Scheiße« aus.

Er hatte es also nicht gewusst. Hanna atmete durch. Noch immer standen sie ungesehen und ungehört, wie in einer Blase, mitten in der Welt. Unzählige Leben flossen an ihnen vorbei, folgten ihren Fäden zu dem von Äon bestimmten Ziel.

Sie konnte Jin ansehen, wie es in ihm arbeitete, und bevor er Fragen stellte, die sie nicht beantworten wollte, gab sie ihm andere Antworten. »Aber ich habe einen Faden. Noch. Denn meiner sollte – in der Vergangenheit – gekappt werden. Elaine hat das verhindert und Lita kam zur Welt.«

Jin schnippte mit den Fingern und hielt plötzlich ein Glas Whisky in der Hand. Er leerte es in einem Zug.

»Es ist mir egal, was mit mir ist, Jin. Aber Lita! Sie muss weiterleben! Sorg dafür, dass sie lebt, auch wenn ich vor ihrer Geburt gestorben bin!«

Jin blinzelte. Sein Glas füllte sich erneut und er trank einen großen Schluck. Bewegungslos starrte er Hanna an. Dann warf er das Glas hinter sich und brach in schallendes Gelächter aus. »Und willst du vielleicht auch noch, dass die Sonne sich um die Erde dreht?«

Wütend trat Hanna auf ihn zu. Er musste begreifen, dass es ernst war. »Jin! Ich weiß, dass es nicht einfach ist. Kannst du sie schützen?«

Er wischte sich Lachtränen aus den Augenwinkeln. »Ist ja gut. Ich lasse mir etwas einfallen. Aber ... das kostet dich etwas.«

»Natürlich.« Hanna wich wieder einen Schritt von ihm zurück. Sie zitterte vor Anspannung und verschränkte die Hände, um sich Halt zu geben. Ihr war klar gewesen, dass Jin nichts verschenkte. »Was ist dein Preis?«

»Ich will wissen, was hier draufsteht.« Aus einer seiner Sakkotaschen zog er ein schmales Holzkästchen. Er klappte es auf und präsentierte Hanna ein schmales Stück Stoff.

Hanna wurde blass. Das war Litas Prophezeiung. Sie kannte diesen Stoff in- und auswendig. Es war Elaines Mitschrift des Orakels. Jenes Orakels, das den Untergang der Welt durch Lita vorhersagte. »Woher hast du den?«, flüsterte sie.

»Ausgeliehen.« Sein Blick heftete sich auf Hanna. Sie wusste, dass sie blass geworden war, dass ihr der Schweiß auf der Stirn stand. Sie hatte mit allen möglichen widerlichen, gefährlichen, lächerlichen Aufgaben gerechnet, die Jin sich als Preis für seine Hilfe ausdenken würde. Aber das ... Wenn sie ihm den Wortlaut der Prophezeiung verriet – würde er Lita dann überhaupt beschützen?

»Ich bin ein Unsterblicher, Hanna!« Er beugte sich zu ihr herab. Seine Stimme klang zischend und spitz. »Ich war immer hier und so, wie es aussieht, werde ich auch bis in alle Ewigkeit hier sein. Das ist eine Strafe, Hanna! Das ist Folter.« Er richtete sich wieder auf und grinste schelmisch. »Aber, hey, vielleicht versüßt mir deine hübsche Tochter die Ewigkeit. So ohne Faden sitzt sie ja auch hier fest ...«

Hanna versuchte zu schlucken, doch ihre Kehle war wie ausgedörrt. Das Leben war kein Fluch. Sie verdammte Lita nicht zu einer quälenden Unendlichkeit, wenn sie ihr das Leben rettete. Sie ermöglichte ihr zu leben! »Hilfst du Lita?« Ihre Stimme kratzte. »Falls du so etwas wie Ehre besitzt, Jin, schwörst du mir bei deiner Ehre, dass du Lita beschützen wirst, egal, was kommt?«

»Falls ich so etwas wie Ehre besitze? Egal, was kommt?« Er kniff die Augen zusammen und musterte sie scharf. »Was führt ihr nur im Schilde?« Drohend streckte er ihr das aufgeklappte Kästchen entgegen. »Was steht hier geschrieben? Hat es etwas mit Litas Faden zu tun?«

Hanna presste die Lippen aufeinander. Sie durfte ihm nichts sagen! Nicht Jin!

»Natürlich!« Ein Grinsen huschte über seine Lippen. »Deshalb hat Elaine es weggesperrt. Diese Prophezeiung betrifft sie selbst. Und ihre geliebte Tochter und deren Tochter.«

Hanna atmete durch. Er hatte mit Sicherheit Elaine den

Stoff gestohlen. Wie auch immer er davon erfahren hatte. Und wenn sie ihm jetzt das Orakel nicht verriet, würde er eine andere Weberin finden, die es ihm vorlas. Hatte sie eine Wahl? Ohne seine Hilfe endete nicht nur ihr, sondern auch Litas Leben jeden Augenblick. Sie hatte nichts zu verlieren. »Also gut. Ich werde dir sagen, was Äon Elaine diktiert hat.«

»Ich bin ganz Ohr!« Er hielt ihr das Kästchen hin.

Hanna nahm den Stoff heraus und faltete ihn zusammen. Sie brauchte ihn nicht. Sie kannte die Zeilen in- und auswendig. »Egal, was du glaubst, das diese Zeilen vorhersagen: Ich verspreche, die Welt wird nicht enden. Wenn Lita durch deine Hilfe lebt, wird sie London verlassen. Sie wird nie zurückkehren.«

Jin strauchelte, scheinbar jeder Muskel an ihm erschlaffte. Für eine Millisekunde starrte er Hanna einfach nur an. »Die Welt endet?«, brachte er schließlich stockend hervor.

Hanna ignorierte seine Theatralik. *Ohne Schicksal bringt die Welt zu Fall. Der Tod kommt zu den Lebenden. Leben ist Gift, es besiegelt das Schicksal. Aleph bringt das Ende. Die Zeit springt, denn was immer war, ist nicht mehr.*«

Jin regte sich nicht. Mit weit aufgerissenen Augen starrte er in eine Leere vor sich.

»Sprich den Zauber!«, forderte sie ihn auf, doch er reagierte nicht. »Jin! Du musst dein Wort halten! Jetzt!«, schrie sie ihn voller Panik an.

Endlich kam Bewegung in den Unsterblichen. »*Aleph bringt das Ende*«, wiederholte er tonlos. »Seit wann fliegt dieser Lappen bei Elaine herum?«

Ungeduldig sah sich Hanna um. Wie viel Zeit war inzwischen vergangen? »Äon hat am Tag von Litas Geburt zu ihr gesprochen«, antwortete sie hastig. »Wirkst du nun endlich den Schutzzauber für Lita!« Etwas an seinem Blick verunsicherte sie. In seinen Augen glomm plötzlich ein winziges goldenes Funkeln. Nervös rieb sie sich ihre klammen Hände an Elaines Mantel trocken. »Jin! Bitte«, flüsterte sie.

Doch Jin schien durch sie hindurchzusehen. »Und wegen dieses Kauderwelschs meint Elaine, dass die süße Lita, weil ihr kein Faden zugeteilt wurde, die Welt zu Fall bringt?« Er begann, laut zu lachen. In der Stille, die er über die Welt gelegt hatte, dröhnte es schrill. »Ich war schon immer der Meinung, dass ein Gewissen niemandem guttut. Elaine zerfleischt sich so sehr, weil sie dir damals dein Leben gelassen hat. Sie kann an nichts anderes mehr denken, nicht wahr?«

Wütend fuhr sie ihn an. »Es ist egal, was Elaine glaubt. *Du* kannst Lita retten! Beweis Elaine, dass sie falschlag mit ihrer Deutung! Erfüll endlich deinen Teil unseres Handels!«

Doch Jin hörte ihr gar nicht mehr zu. Kichernd tanzte er ein paar Schritte. »Es ist so brillant einfach!« Ausgelassen wirbelte er um einen der Fahnenmasten herum. »Wieso bin ich in all den Jahrhunderten nicht selbst dahintergekommen! *Aleph bringt das Ende.*«

Hanna beschlich ein ungutes Gefühl. Warum tanzte Jin, als sei ihm gerade die Welt von den Schultern genommen worden? »Jin! Wirst du Lita schützen?« Sie war dumm gewesen, ihn zu bezahlen, bevor er den Zauber für Lita gewirkt hatte.

Noch immer hüpfte und lachte er. Hannas Angst schlug allmählich in Panik um. »Jin!«, brüllte sie und endlich hielt er inne.

»Wie? Ach – na, ich werde mein Bestes geben für dein Töchterchen.« Er grinste.

*Es ist ein Fehler,* hatte Lita sie gewarnt. *Man macht mit einem wie Loki keinen Handel. Er wird dich betrügen.* Ihre Tochter war um so vieles klüger. »Du musst es sofort tun!«

Doch er hörte ihr nicht mehr zu. Sie war so darauf konzentriert gewesen, wie sie Lita beschützen konnte, dass sie nicht bedacht hatte, wovon die Prophezeiung eigentlich sprach: dem Ende der Welt. Niemals hätte sie Jin den genauen Wortlaut verraten dürfen. Jeder wusste, wie überdrüssig Jin seiner Existenz war! Und nun hatte sie ihm eine offizielle Anleitung für den Untergang geliefert. »Du denkst, Aleph steht für einen Unsterblichen! Aleph – der Anfang, der Beginn!«, stotterte sie. »Nein! Du irrst dich, Jin.« Wie hatte sie nur so blind sein können! Jin würde alles daransetzen, dass sich die Prophezeiung so schnell wie möglich erfüllte.

»Ihr dummen Weberinnen. Ihr habt nie über die letzten Zeilen nachgedacht, oder? Du hast nur deine geliebte Lita gesehen und Elaine ihre Untreue gegenüber Äon. Ihr seid wirklich naiv!«

»*Elaine* ist Aleph! *Sie* hat das Ende herbeigeführt, als sie mich nicht hat sterben lassen!«

»Du bist ebenso engstirnig wie deine Mutter!«, fuhr er sie wütend an. »Die Welt dreht sich nicht um Elaine, auch wenn sie es gerne so hätte. Aleph ist der alte Name für uns Unsterbliche.«

Das goldene Funkeln in Jins Blick war noch stärker geworden. Hanna wurde schwindlig. Statt das Ende zu verhindern, hatte sie ihm nun das Tor geöffnet.

Jin beugte sich zu ihr herab und drückte ihr einen Kuss auf die Wange. »Vielen Dank, Hanna. Endlich werde ich aus dieser Ödnis befreit.«

Wie eine Welle brach der Lärm der Welt über Hanna herein. Ihre Knie gaben nach, sie fiel zu Boden und kauerte – für die Menschen unsichtbar – direkt vor dem Tor von Marble Arch.

*Aleph bringt das Ende.*

# 24
# RUKAR

Als Rukar mit frischem Kaffee zurückkam, war Lita mit ihrer Freundin in ein Gespräch über die wahre Beschaffenheit der Welt vertieft. DeeDee machte einen ziemlich verwirrten Eindruck und starrte ihn mit offenem Mund an, als er an den Tisch trat.

Er schenkte ihr ein erleichtertes Lächeln. Noch nie in seinem Leben war er für seine Fähigkeit, die Zeit zu manipulieren, so dankbar gewesen.

»Atmen«, hörte er Lita zu ihrer Freundin sagen. »Und mich nicht für bekloppt halten. Es wird nämlich noch besser.«

»Besser als unsterbliche Götter?«

»Ich bin weder ein Gott noch unsterblich. Denke ich. Aber Kaffee ist definitiv göttlich!« Er stellte einen extra großen Americano vor Lita und schob DeeDee ihren Cappuccino hin. Zum Glück zitterten seine Hände nicht mehr. Es hatte ihn viel Energie gekostet, die Zeit so weit zurückzudrehen, dass DeeDee nicht starb. Eine derart große Strecke war er bisher noch nie zurückgegangen. Meist nutzte er die Rückspultaste nur für Kleinigkeiten, wie seinen Kaffee zu resetten.

DeeDee nahm sofort einen Schluck vom Cappuccino.

»Meine Güte«, murmelte sie und starrte zum Weberinnenturm hinüber.

»Wie viel weiß sie schon?« Er setzte sich neben Lita und stellte zufrieden fest, dass sie die Lesebrille in den Händen hielt.

»Die groben Eckdaten, würde ich sagen. Ich bin ja auch erst seit zwei Tagen in diesem Club.« Sie zog den Kaffee zu sich und lächelte ihn an. »Danke.«

»Für den Kaffee? Kein Problem.«

»Und dafür, dass du Elaine aus dem Turm geschafft hast. Wo ist sie jetzt?«

Er wich ihrem Blick aus. Hoffentlich blieb Misano trotz seiner Wut über den Verlust von Zara anständig. »Bei einem Unsterblichen.« Er wusste nicht, wie Lita zu Elaine stand. Aber vermutlich würde sie ihm mindestens einen Kaffee entgegenschleudern, wenn Misano ihrer Großmutter etwas antat.

»Warum?« Sie nahm einen Schluck und sah ihn dabei über den Tassenrand hinweg forschend an.

»Nun ...« Wie viel Wahrheit konnte er ihr zumuten? Würde sie ihn wieder angreifen, wenn sie sein Handeln gemein oder unverantwortlich fand?

Es machte ihn extrem nervös, dass er sie einfach nicht einschätzen konnte. Jede ihrer Reaktionen kam für ihn überraschend und er hatte nicht die geringste Ahnung, warum. »Es gibt da einen, der seine große Liebe verloren hat. Er ist ziemlich wütend deshalb. Und er gibt Elaine die Schuld. Ich schätze aber, spätestens morgen haben die beiden das ausdiskutiert und sie ist zurück im Turm.«

Betroffen senkte Lita den Blick. »Morgen schon.«

Anscheinend war das der Teil seiner Antwort, der Lita beunruhigte.

Sie schien ihre Sorge runterzuschlucken, reckte das Kinn und sah ihn wieder an. »Was hast du im Turm gemacht, bevor du Elaine entführt hast?«

»Willst du mir nicht erst mal ein Stück vorlesen?«, versuchte er, sie abzulenken.

»Nein.« Sie lächelte und legte die Lesebrille zur Seite. »Erst meine Fragen.«

Er seufzte. Sie war ein harter Geschäftspartner. Aber okay. Es war fair, schließlich schuldete er ihr was, für seine Aktion im Turm. »Ich habe den Faden einer Toten gestohlen.«

Von DeeDee war ein Husten zu hören. Sie hatte sich bei seinen Worten an ihrem Cappuccino verschluckt.

Nachdenklich nickte Lita. »Du hast ihn für diesen Unsterblichen gestohlen, oder? Der, bei dem Elaine festsitzt, weil seine große Liebe gestorben ist.« Ihre Finger fuhren über den Teppich. »Und wie bist du in den Turm gekommen?«

»Tegan hat mir ihre Weberinnensachen geliehen. Ich habe ihren Spiegelschlüssel benutzt. Ganz einfach.«

Eine Sekunde sah sie ihn streng an. Offenbar kannte sie die Wahrheit über Tegans unfreiwillige *Leihgabe*. »Wieso Tegan?«, murmelte sie und fuhr mit dem Finger über einen der Fäden.

Er zuckte mit den Schultern. »Eine Empfehlung der Tauben.«

»Der Tauben?«, fragte DeeDee ungläubig.

»Sie sind unsere Boten. Sie überbringen Nachrichten

und verbreiten Neuigkeiten. Vor allem für die Unsterblichen sind sie so eine Art tagesaktueller Nachrichtendienst. Manche Kami nutzen sie auch, aber selten.«

DeeDee sah sich vorsichtig um. Vermutlich nach lauschenden Tauben.

Lita nickte langsam. »Macht Sinn. Tauben sind überall.« Sie nahm die Lesebrille und schob sie sich auf die Nase.

Rukars Puls beschleunigte sich. »Was siehst du?«

»Nebelflecken.«

»Was? Wieso?« Er wollte nach der Brille greifen, doch sie wich aus.

»Was reden die Tauben noch so? Hast du etwas vom Ende der Welt gehört?« Über den Rand der Brille beobachtete sie ihn.

Das brachte ihn aus dem Konzept. Wie kam sie denn jetzt auf so ein Thema? »Die Tauben schnappen jede Menge Unsinn auf.« Doch dann erinnerte er sich. Die Taube, die Misano ihm geschickt hatte, hatte etwas von einer Welt aus Asche gefaselt. Und Elaine hatte Misano gedroht, die Welt würde zu Asche, wenn er sie nicht freiließe. »Aber ja, ich habe ein Gerücht gehört«, meinte er vorsichtig. »Es heißt, alles würde zu ...«

»... Asche zerfallen«, beendete Lita den Satz.

Verdutzt musterte er sie. »Du redest mit den Tauben?«

»Nein. Laut meiner Großmutter bin ich diejenige, die die Welt in Asche verwandeln wird.«

DeeDee, die gerade den letzten Schluck ihres Cappuccinos getrunken hatte, fiel die Tasse klappernd aus der Hand. »Wie bitte? Findest du nicht, es reicht langsam, Lita? Ich versuche ja wirklich, mit euch beiden Schritt zu halten. Zu kapieren, was ihr da faselt. Aber, echt jetzt? Schicksalsweberinnen, Unsterbliche und Kami. Alle in diesen Turm gepfercht –«

»Nein. Nur Weberinnen«, warf Rukar ein.

»Ah – und du weißt Bescheid, weil? Was bist du für einer? Ein Weber?« DeeDee gestikulierte wie wild. Es war offensichtlich, dass sie mit den Tatsachen überfordert war.

»Nein. Das ist nicht möglich. Es gibt nur Weberinnen. Frauensache sozusagen.«

Entrüstet hieb DeeDee mit der Faust auf den Tisch. »Ist jetzt nicht wahr! Seid ihr im Mittelalter stecken geblieben? Frauen weben und Männer ... Lass mich raten. Unsterblich, oder?« Sie sah zu Lita. »Ganz ehrlich. Eure Story ist nicht pc.« Kopfschüttelnd nahm sie Lita ihren Kaffee ab und trank einen Schluck. »Und? Was bist du?«, blaffte sie Rukar an. »Ein Unsterblicher?«

»Ich bin halb Mensch, halb Unsterblicher.« Er deutete auf den Teppich. »Dort steht hoffentlich geschrieben, wer ich bin. Ich weiß es nämlich nicht.«

Er bemerkte Litas erstaunten Blick. »Du kennst deine Eltern nicht?«

»Man könnte sagen, sie haben mich ausgesetzt.«

»Ich habe auch nicht gewusst, wer ich bin«, meinte Lita leise. »Also, ich weiß es, ehrlich gesagt, immer noch nicht so richtig.«

Er bemerkte, dass ihr Finger auf einer Stelle des Teppichs ruhte, wie eine Markierung, wenn man im Lesen innehält.

»Meine Mum hat mir nie gesagt, dass ich eine Weberin bin. Dass es diese ganze Welt überhaupt gibt. Und jetzt ...«

Sie sah zum Turm hinüber. »Jetzt heißt es, ich würde die Welt zerstören.«

»Das ist doch totaler Blödsinn!« DeeDee ballte die Hände zu Fäusten und sah so aus, als ob sie gleich eine Prügelei mit dem Schicksal beginnen wollte.

Lita seufzte. »Es tut mir echt leid, DeeDee. Hätte Rukar Elaine nicht aus dem Turm gebracht, würde ich vermutlich nicht mehr existieren. Meine Großmutter glaubt, wenn sie mich auslöscht, rettet sie dadurch die Welt.«

Rukar pfiff leise durch die Zähne. Was war das denn für eine krasse Geschichte? Er hatte Elaines Spruch bloß als theatralischen Appell an Misanos Gewissen gewertet. Nachdenklich nahm er einen tiefen Schluck Kaffee. Aus dem Augenwinkel beobachtete er den Himmel und die Menschen auf der Dachterrasse. Alles wie immer. Keine Asche. Sein Blick huschte zu Lita. Wie sollte denn dieses Mädchen die Welt enden lassen?

»Hast du folgende Zeilen schon mal gehört?«, fragte Lita ihn. »*Ohne Schicksal bringt die Welt zu Fall. Der Tod kommt zu den Lebenden. Leben ist Gift, es besiegelt das Schicksal. Aleph bringt das Ende. Die Zeit springt, denn was immer war, ist nicht mehr.* Klingelt da was bei dir?«

»Schlechte Dichtkunst?« Ratlos zuckte er mit den Schultern. »Ist das der berühmte Orakelspruch, der angeblich besagt, dass du die Welt auslöschst?«

»Ich bin die ohne Schicksal.«

DeeDee hatte von irgendwo ein Notizbuch gezogen und den Spruch aufgeschrieben. »Wenn du ohne Schicksal bist, dann bringst du die Welt doch nur zu Fall. Wir rücken unser Krönchen zurecht und stehen wieder auf!« Sie lächelte ihrer Freundin ermutigend zu. »Sorgen machen würde ich mir um den Teil mit dem Leben, das Gift ist. Aber ich glaube, deine Großmutter nimmt Drogen, wenn sie glaubt, diese Zeilen wären glasklar zu verstehen. LSD oder so. Ehrlich. Sie fantasiert doch.«

Lita lächelte sie an. »Du bist die Beste, DeeDee!«

Sie lachten beide und Rukar fühlte einen Stich im Herzen. Neidisch beobachtete er die Mädchen. Beste Freundinnen. Es musste großartig sein, jemanden zu haben, der zu einem hielt, egal, wie verrückt die Geschichte war, in die man ihn hineinzog.

Noch immer markierte Litas Finger diese eine Stelle auf dem Stoff. »Ich halte mein Versprechen«, sagte sie zu ihm und in ihrem Blick tanzte noch immer das Lachen. »Aber ganz ehrlich, Rukar, das hier auf deinem Teppich ergibt absolut keinen Sinn.«

# 25
# JIN

Jin tänzelte den gekiesten Weg zum Tempel hinauf, der wie eine weiße Perle unter dem makellos blauen Himmel strahlte. *Ein Denkmal für Zara.*

Im Rat hatte er gegen den Bau gestimmt. Jeder von ihnen hatte sich während all der Jahrtausende mal so sehr in einen sterblichen Menschen verliebt, dass er für ihn die Welt aus den Angeln gehoben hätte. Manch einer meinte auch, wie Polydeukes übertreiben zu müssen und selbst sterblich zu werden, um mit dem geliebten Menschen zusammenzuleben – und zu sterben. Aber jeder hatte seine große Liebe irgendwann überwunden. Keinem war es gestattet worden, seine sterbliche Liebe hierher, in die Stadt der Unsterblichen, zu bringen. Außer Misano. Aus purer Feigheit hatte sich der Rat in diese Idee geflüchtet. *Lasst Misano eine Gedenkstätte bauen und sein Zorn wird an uns vorübergehen,* waren Enkis Worte gewesen.

Misanos Wutausbrüche waren legendär. Und keiner wollte sich den Stress antun.

Jin hätte allerdings einen Krieg unter den Unsterblichen vorgezogen. Es hätte die Eintönigkeit des Seins erheblich aufgewertet. Doch nun brauchte Jin keine Ablenkungen mehr von der Tristesse der Unsterblichkeit.

Ein glückseliges Lächeln umspielte seine Mundwinkel. Das Ende war nah!

Er blickte über den ewigen Garten hinweg zu den grünen Hügeln. Dahinter schimmerte golden ein Palast. Etwas weiter funkelten tausend mit Wimpeln geschmückte Türme. In den letzten hundert Jahren hatte ihn der Hang zu Kitsch unter den Unsterblichen enorm genervt. Seine werten Kollegen hatten keine Gelegenheit ungenutzt gelassen, um Details in ihrem himmlischen Reich, das vor Sonnenschein, Gold und Licht nur so strotzte, zu *verschönern*. Märchenschlösser, goldene Paläste, selbst Burgen aus Zucker hatte so mancher errichtet. Jin fand es einfach nur peinlich.

Doch ab jetzt – und für die nächsten, geschätzten sieben Stunden – war es ihm egal. Sieben Stunden. Er fand, das war eine gute Zahl. Länger wollte er dieser Welt nicht mehr geben.

Er hatte Zaras Tempel erreicht, strich sein ungebügeltes T-Shirt glatt und betrat den Säulenring des Rundtempels.

»Einen wunderbaren guten Tag!«, trällerte er und ließ den Blick von den hübschen Kapitellen mit Blumenranken zu dem imposanten gläsernen Sarg gleiten. Der Rat hatte sich wirklich Mühe gegeben, das musste er ihnen lassen.

Allerdings fröstelte er, als er den Raum betrat. Es war nicht der Wind, der von dem ewigen Garten hereinwehte und Lavendelduft mit sich brachte, der so kalt war. Es schien eher Misanos frostige Stimmung zu sein, die sich wie eisiger Nebel im Tempel eingenistet hatte.

Jin schlenderte auf das Podest zu, das in der Mitte aufgebaut war. Breite Stufen umliefen es und führten zu dem Sarg empor. Er war umgeben von ausladenden Blumenbouquets, die von Eis ummantelt für die Ewigkeit konserviert waren.

Sich in die Hände hauchend, um sie zu wärmen, schritt Jin die drei Stufen zu Zara hinauf. Der Sarg funkelte wie Diamant, denn Misano hatte ihn aus Eis gefertigt. Makellos lag sie, auf weiße Kissen gebettet, in einem weißen Gewand im Eis. Gefangen in einem ewigen Schlaf. Eine rote Rose, eingefroren kurz nach dem Erblühen, lag auf dem Sarg über ihrer Brust.

»Misano?«, rief Jin. Er war sich sicher, dass der miesepetrige Kerl hier war. Doch der Tempel bot keine kuschligen Ecken zum Verweilen. Wo hatte der Kerl sich nur verkrochen? »Misano!«

Unschlüssig umrundete Jin den Sarg, musterte die Säulen, bis er schließlich eine schwarze Schuhspitze entdeckte, die auf der anderen Seite des Eissarkophags hervorlugte. Mit zwei langen Schritten war Jin bei Misano und beugte sich zu ihm hinab.

Der Unsterbliche saß auf dem steinernen Boden, angelehnt an Zaras Sarg, den Damastmantel um sich geschlungen. Misanos Haut war grau und unrasiert, sein Blick völlig leer.

»Meine Güte! Du siehst grässlich aus«, platzte Jin heraus.

»Verschwinde«, murmelte er kraftlos.

»Danke. Nein.« Jin kniete sich vor ihn und stupste ihn an. »Dir ist bewusst, dass du nicht sterben wirst? Du kannst weder verhungern noch verdursten. Auch nicht an gebrochenem Herzen sterben, selbst wenn das, zugegeben, wirklich dramatisch wäre.«

»Was willst du!«

»Ach. Ich dachte, ich schau mal, was du so treibst. Aber ich seh schon ...« Seufzend blickte sich Jin in der Leere des Mausoleums um. Das immerwährende Sonnenlicht strahlte in den Tempel und brach sich schillernd im Eis des Sargs. *Misano ist der König der Inszenierungen,* dachte er anerkennend. Dabei fiel sein Blick auf eine kleine Box, die auf Zaras Brust lag und aussah wie ein Ringschächtelchen. Die Rose auf dem Sarg hatte es verdeckt, als er Zara beim Hereinkommen betrachtet hatte. »Du wolltest sie heiraten? Im Ernst?«, fragte er überrascht.

Durch den Steinboden fuhr ein Knistern und Jin sprang ein paar Schritte von Misano weg. »Kein Grund, gleich frostig zu werden!« Verärgert musterte er die Eisadern, die sich wie Blitze von Misanos Händen durch die Bodenplatten in seine Richtung ausbreiteten. »Bleib mal cool, Bruder!« Jin verschränkte die Arme vor der Brust. »Ich wollte nur mit dir plaudern.«

»Zara war mein Leben«, murmelte Misano. »Sie hat das gewusst. Ein Ring hätte nichts geändert.«

Verstehend nickte Jin, doch er trat dennoch nicht näher. Misanos Hände knisterten weiterhin eisig. »Also hast du ihr eine Locke deines Haars mitgegeben ...?« Er deutete vage in die Richtung des Schächtelchens.

Misano warf ihm einen vernichtenden Blick zu. »Ich habe alles, was von ihr übrig ist, zusammengeführt.«

Jin sah zu Zara. Da war es! Die Tauben hatten recht, als sie darüber geplappert hatten, Rukar hätte für Misano einen ganz besonderen Auftrag ausgeführt. In dieser Schachtel ruhte Zaras Totenfaden!

Er wollte Misano nicht noch mehr verärgern. Dazu hatte er viel zu gute Laune. Sieben Stunden noch! Es war unfassbar leicht, dieser ewigen Existenz endlich ein Ende zu setzen!

Versöhnlich hockte er sich neben ihn, legte die Arme auf die Knie und blinzelte in den Himmel, der zwischen den Säulen makellos blau hindurchleuchtete. »Also wohnst du nun hier? Im Eistempel? Ist das deine neue Adresse?« Etwas schabte über Eis und schallte im ganzen Tempel wider. Ein grässliches Geräusch. Irritiert blickte Jin sich um, konnte die Quelle des Kratzens jedoch nicht orten.

»Sag mir, was du von mir willst, und dann verschwinde!«, blaffte Misano.

Jin wollte protestieren. Es nervte ihn ungemein, dass ihm alle unterstellten, nur dann aufzutauchen, wenn er irgendein Ziel verfolgte. War er wirklich so durchschaubar? Dieses eisige Kratzen, das nun immer lauter durch den Tempel hallte, ging ihm durch Mark und Bein. »Was ist das?«, fragte er Misano genervt.

»Sie gibt nicht auf«, meinte der tonlos.

»Zara?« Etwas nervös rückte Jin vom Sarg ab. Was hatte Misano mit ihr angestellt?

»Nein.« Misano rieb sich erschöpft über die unrasierten Wangen. Es klang wie Schleifpapier. »Ich dachte, sie würde weinen, bitten, flehen. Ich wollte sie brechen. So wie sie mich zerbrochen hat.«

Das Kratzen kräuselte Jin die Nackenhaare. »Wovon redest du da, Misano?« Er fürchtete, Misano sei nun endgültig dem Wahnsinn anheimgefallen, als der sich endlich regte und matt nach oben wies.

Jin stand auf und blickte hinauf in die Kuppel des Tempels. »Was zum –?« Ein zweiter Sarg aus Eis schwebte über ihm. Und jemand war darin eingeschlossen! Davon hatten ihm die Tauben nichts erzählt! Das Eis verzerrte die Figur zu einem Schemen. War es ein Unsterblicher, der Misano genervt hatte?

»Wer – wer ist das?« Fassungslos sah er auf Misano hinab. Seit wann war er brutal und gemein? Misano war machtbesessen, vielleicht gierig und sicher jähzornig – aber kein Sadist.

»Was glaubst du!«, fuhr ihn Misano an und hievte sich auf die Beine. Frost splitterte von seinem Mantel wie Feenstaub. »Elaine! Sie hat Zara ermordet!«

Für einen Augenblick blendete Jin alles aus. Misano hatte Elaine – Oberste Weberin ... Sprachrohr von Äon ... Geheimniskrämerin ... Prophezeiungsgeheimhalterin – in einen Eissarg gesperrt.

*Ohne Schicksal bringt die Welt zu Fall.* Ein Lächeln umspielte seine Lippen. *Aleph bringt das Ende.*

Wieder blickte er zu Zara. Das Puzzle fügte sich zusammen. Fast hätte er schallend losgelacht. Das war doch alles kein Zufall! Äon hatte tatsächlich vor, die Welt enden zu lassen, und es bot Jin dieses großartige Finale auf einem Silbertablett an!

»Du willst Elaine für Zaras Tod bezahlen lassen, indem du sie in einen Eissarg einsperrst?« Tadelnd schüttelte Jin den Kopf.

Misano wandte sich ab, ging zu Zara und griff durch das Eis, als wäre es Wasser. Er nahm das Schächtelchen von ihrer Brust. »Sie verbrennen die Leben, wusstest du das?«

Fast hätte er genickt. Die Tauben hatten von Asche gesprochen. »Wer verbrennt?«, fragte er mit gespielter Unwissenheit.

»Die Weberinnen verbrennen die Schicksalsfäden.« Wie zum Beweis hielt er ihm das Etui hin. Vorsichtig barg er es in seinen breiten Händen, als bräuchte es Schutz vor allem, was da draußen in der Welt lauerte. »Ich konnte Zaras Faden retten. Sie wird nie vergessen werden.«

Fast gierig starrte Jin auf das mit Samt bezogene Schächtelchen. »Du hast da drin –« Ein Grinsen schlich sich auf seine Lippen. Und es wurde immer breiter. Innerlich gab er sich einem furiosen Freudentanz hin, nach außen aber blieb er gelassen. Er räusperte sich und setzte eine besorgte Miene auf. »Weißt du, was, Misano. Ich sehe, wie sehr du leidest. Und ich denke, du hast noch nicht das richtige Werkzeug gefunden, um es dieser Weberin wirklich heimzuzahlen. Lass mich dir helfen.« Er schnippte und mit einem schrillen Schrei, gefolgt von einem dumpfen Aufschlag, stürzte Elaine aus dem Eissarg auf die Steinfliesen herab.

Jin drehte sich nicht zu ihr um. Selbst wenn das Eis ihren Körper nicht gelähmt hatte, wohin sollte sie fliehen? Sie waren im Reich der Unsterblichen.

Er fixierte den überraschten Misano, damit er ihn und nicht Elaine ansah. »Hör mir gut zu!«, sagte Jin so laut, dass es Elaine auch durch ihr schmerzerfülltes Stöhnen hören musste. »Elaine kann es nicht leiden, wenn man die Fäden, die sie spinnt, durcheinanderbringt.«

Kaum merklich richtete sich Misano auf. Sein Blick wurde klarer, die Leere wich aus seinen Augen und er betrachtete Jin aufmerksam. Der beugte sich vor und tippte auf die Schachtel in Misanos Händen. »Was würde wohl passieren, wenn ein Faden in das Weltengeflecht zurückkehrt ...?« Mit einem selbstzufriedenen Grinsen drehte er sich zu Elaine um. Sie kauerte noch auf dem Boden. Blut tropfte aus ihrer Nase, ihre Lippen waren bläulich. Ein wirklich jammervolles Bild für eine Oberste Weberin, fand Jin.

»Was meinst du, Elaine? Helfen wir doch Misano. Wäre es nicht ein wunderbarer Kompromiss? Du durftest den Faden abschnippeln, ganz so, wie es dir dein innig geliebtes Äon befohlen hat.« Er trat neben sie, die Hände auf dem Rücken verschränkt. »Ausnahmsweise hast du seine Anweisung ja brav befolgt.«

Elaine gab nur ein unwilliges Stöhnen von sich. Wie lange war sie im Eis gefangen gewesen? Sie sah wirklich übel aus.

Jin lachte leise. »Damit hast du doch seinem Willen Genüge getan. Also lass uns jetzt Misano helfen, Zara zurückzuholen. Was meinst du?« Er packte sie unter den Achseln und zog sie auf die Füße. Fürsorglich klopfte er ihr den Frost von der Hose. »Misano, ich denke, Elaine wird es eine Ehre sein, Zaras Faden zurück in das Weltengeflecht zu weben.« Er zwang sie, ihn anzusehen. Denn er wollte es genießen, wenn sie begriff, dass er alles wusste. »Elaine wird *den Tod zu den Lebenden kommen lassen.*«

## 26

# LITA

Immer wieder fuhr Lita mit dem Finger die Webfäden in Rukars Prophezeiung entlang. »Es sind so viele Nebelflecken über den Bildern.«

Rukar runzelte die Stirn. »Nebelflecken?«

Lita ignorierte seine Frage. Sie wusste, warum der Teppich ihr die Bilder nicht zeigte. Entweder weil sie selbst mit diesem Leben verflochten war oder weil sie ihm bereits zu viel gesagt hatte. »... da sind Leute, die dich als Baby halten, herumreichen. Aber auch sie sind unscharf und es ist, als ob immer wieder Nebel über den Ereignissen schwebt.«

»Also ist das mein Leben?« Seltsam ehrfürchtig betrachtete er den Stoff.

Wie um besser zu sehen, beugte sich Lita tiefer über einen bläulich schimmernden Faden. »Hast du mal in einem Regalfach geschlafen?«, fragte sie amüsiert.

»Kein Kommentar.«

Sie schmunzelte. »Dann ist es wohl dein Leben.«

»Was steht da noch? Kannst du meine Eltern sehen?«

Lita schüttelte den Kopf. »Je älter du wirst, umso mehr Nebelflecken sind da. Und – dir ist klar, dass das nur ein Teil ist?« Sie zeigte auf die Ränder. »Es wurde aus der Prophezeiung herausgeschnitten.«

Anscheinend war ihm das noch nicht bewusst gewesen. Erstaunt strich er über die losen Fäden. »Also ist hier nur der Anfang meines Lebens drauf?«

Lita nickte und beugte sich noch mal über die Bilder, versuchte, Details zu erkennen.

»Habe ich auch einen Teppich?«, fragte DeeDee. Gebannt hatte sie jede Bewegung Litas verfolgt.

»Nur wenn du etwas sehr Außergewöhnliches tun wirst. Etwas, das das Leben von vielen Menschen beeinflusst«, antwortete Lita. Sie war froh, dass DeeDee sich bemühte, all diese Neuigkeiten über die *andere* Welt gelassen hinzunehmen. »Diese Prophezeiungen sind eine Abschrift von den Ereignissen, die auf deinem Lebensfaden stehen. Sie werden deshalb nur für Schicksale angefertigt, die in der Welt große Dinge bewegen. Oder für solche, die von Geburt an zu Heldentaten verpflichtet sind, weil sie Unsterbliche als Väter haben.«

»So wie er?« Sie nickte zu Rukar, der seinen Teppich nachdenklich musterte.

»Das hier sind nur die ersten Jahre seines Lebens. Soweit ich die Ereignisse sehen kann, ist da noch nichts Außergewöhnliches dran.« Sie grinste ihn an.

»Die Nebelflecken verbergen meine Heldentaten«, gab er zurück und grinste ebenfalls. »Aber – noch mal zu meinen Eltern.« Rukar rückte näher an Lita heran und ihr wurde bewusst, dass er nach einer Wildblumenwiese duftete. Irritiert musterte sie ihn von der Seite. Er fing ihren Blick ab und sie sah hastig zurück auf den Stoff.

»Na ja, also hier, an der Kante, wo er abgeschnitten wurde. Da steht jemand – und ich glaube, das ist Jin.«

Rukar stöhnte auf. »Verdammt. Ich hab's immer gewusst. Er weiß mehr, als er mir sagt!«

»Wer ist Jin?« Neugierig rückte auch DeeDee näher heran.

»So 'ne Art Loki. Ein Unsterblicher, der Spaß daran hat, anderen einen Streich zu spielen«, brummelte Lita.

Rukar schnaubte. »Streich ist nett gesagt. Er manipuliert und arrangiert die Dinge so, dass er seinen Vorteil daraus zieht. Ihm ist nicht zu trauen.«

Lita war sich ziemlich sicher, dass es Jin war, Statur und Haltung waren gleich. Neben ihm stand eine Weberin. Eine ältere Frau, vielleicht um die dreißig. Sie stritten. Sie trug einen schwarzen Umhang, den Spiegel am Gürtel. Ihr Gesicht wurde von der Kapuze beschattet. Allerdings streifte sie die Kapuze während des Streits ab. Die Gesichtszüge kamen Lita bekannt vor … Aber es war nicht ihre Mutter. Auch nicht Elaine …

»Oh. Also so ein Marvel-Loki?« DeeDee lehnte sich über den Stoff, als könnte sie so auch etwas sehen. »Dann ist dieser Jin heiß?«

»Das ist ein Witz, oder?« Perplex sah Rukar von DeeDee zu Lita, deren Ohren prompt wieder zu glühen begannen.

»Nein«, wiegelte Lita DeeDee ab. »Nicht *so* Loki-mäßig.« Sie meinte, Rukars amüsierten Blick zu spüren, und blickte deshalb stur DeeDee an. »Jin ist ein Querulant. Eine Nervensäge – mehr so der Supernatural-Loki-Typ.«

»Oh, alles klar. Durch und durch unsympathisch.« Verstehend nickte DeeDee.

Lita verdrehte die Augen. Aber es war okay, dass DeeDee versuchte, die Wahrheit in ihr bekannte Schubladen zu stecken. Vermutlich war es für sie so einfacher zu verstehen, wie die Welt wirklich beschaffen war, da DeeDee ja nichts von der Magie sehen konnte. »DeeDee! Ich –«, setzte sie gerade an, als ihr Handy klingelte.

Litas Herz hielt die Luft an.

Es klingelte ein zweites Mal.

Auf dem Display stand *Mum*.

# 27

# HANNA

Das Taxi schob sich am Tower of London vorbei. Noch nie in ihrem Weberinnenleben hatte Hanna es derart bereut, keinen Swipezauber zu besitzen. Sie hatte ewig gebraucht, ein Taxi aufzutreiben, und nun bewegte es sich in Zeitlupe.

Jin hatte sich davongeswipt. Er hielt sich für Aleph, den, der das Ende der Welt bewirkte. Jeder wusste, wie lange er schon nach einem Weg suchte, seine Existenz endlich zu beenden! Es war nur eine Frage der Zeit, bis ihm der richtige Kniff einfiel. Schließlich hatte Äon es vorherbestimmt. *Aleph bringt das Ende.* Elaine war so engstirnig gewesen. Siebzehn Jahre hätte sie Zeit gehabt, die Bedeutung des Orakelspruchs zu hinterfragen!

Hanna zog ihr Handy hervor und wählte Litas Nummer. Es klingelte.

Doch Lita nahm nicht ab. *Bitte,* flehte Hanna in Gedanken. *Bitte!*

Endlich meldete sich Lita. Sie klang fröhlich. Unwillkürlich musste Hanna lächeln.

»Hey, Mum! Stell dir vor –«, sprudelte Lita sogleich los. Doch Hanna unterbrach sie harsch.

»Lita! Hör mir zu. Ich habe einen fatalen Fehler begangen. Jin weiß über die Prophezeiung Bescheid! Bitte, wir müssen zum Turm! *Aleph bringt das Ende.* Er wird alles daransetzen, die Welt enden zu lassen. Aleph bringt das Ende!« Sie sah aus dem Fenster und stellte fest, dass sie bereits in die Leadenhall Street einbogen.

»Lita!«, sagte sie noch mal eindringlich zu ihrer Tochter. »Komm sofort zum Turm!« Sie legte auf und gab dem Fahrer ein Zeichen, dass er sie an der Kirche rauslassen sollte.

Hanna sprintete die Einbahnstraße zum Turm hinunter. Wo war Elaine? Saß sie noch immer in ihrem Geheimzimmer fest? Einerseits hoffte sie es, da sie selbst dann nicht in Gefahr war. Andererseits tat es ihr leid, dass sie ihre Mutter in dem Gefängnis zurückgelassen hatte.

Hanna versuchte, noch schneller zu rennen. Sie musste den Weberinnen sagen, was passiert war, was passieren würde!

Sowohl Elaine als auch sie selbst hatten falschgelegen. Der Orakelspruch hatte nie von Elaine als Verursacherin gesprochen. Es war möglich, dass Jins Interpretation die richtige war. Und er würde es tun. Mit Freude würde er die Welt und jegliches Leben beenden!

Atemlos erreichte sie den Eingang des Turms. Die Drehtüren standen still, sie suchte noch im Laufen nach dem Schlüssel, den sie zusammen mit Elaines Mantel gestohlen hatte.

Plötzlich knisterte die Luft neben ihr und zerriss wie ein Vorhang.

Hanna schrie auf und wich von den Drehtüren zurück. Licht blendete sie.

Ein Swipe!

Instinktiv stellte sie sich vor den Zugang zum Turm. Es war sinnlos, sich Jin entgegenzustellen, doch ...

Geschockt blinzelte Hanna gegen den Strudel, der sich geöffnet hatte, und erkannte – »Elaine?«

Ihre Mutter sah elend aus. Müde, ausgezehrt und schwach. Elaine schüttelte nur matt den Kopf. »Lauf!«, schien sie zu flüstern.

Hanna eilte auf sie zu, um sie zu stützen. Woher kam sie? Warum hatte sie nicht den Faden gekappt? »Was ist mit dir ...?« Da bemerkte sie den Mann, der hinter Elaine aus dem Swipe trat. Ein Unsterblicher. Hanna erkannte ihn sofort: Misano. Er galt als ein den Menschen eng verbundener Unsterblicher. Was wollte er hier? Der schwere blutrote Mantel um seine Schultern verlieh ihm etwas Bedrohliches. Sein versteinerter, entschlossener Gesichtsausdruck unterstrich diesen Eindruck. Unwillkürlich wich Hanna vor ihm zurück. Hinter ihm folgten einige Kami, die eine Sänfte trugen. Sie war schneeweiß und glitzerte wie Eis.

Auch wenn Hanna nicht wusste, was Misano vorhatte oder warum Elaine bei ihm war – er durfte den Turm unter keinen Umständen betreten. Er war ebenfalls ein Aleph. Hatte Jin ihn etwa angestiftet? Das würde ihm ähnlich sehen. Jin selbst machte sich nur selten die Hände schmutzig.

»Kein Unsterblicher darf den Turm betreten!« Hanna stellte sich zwischen Misano und den Eingang.

Für einen kurzen Augenblick dachte sie, so etwas wie Stolz in Elaines Blick zu lesen, doch dann sah sie zu Boden und schüttelte nur mutlos den Kopf.

*Elaine hat aufgegeben,* schoss es Hanna durch den Kopf. *Sie ist die Oberste Weberin! Wie kann sie das zulassen?*

»Gib den Weg frei!«, donnerte Misano.

Doch Hanna dachte nicht daran. »Was immer du hier willst, du kannst den Turm nicht betreten!«

»Ich kann und ich werde!« Misano hob die Hand. Ein Sturm packte Hanna und schleuderte sie zur Seite, als wäre sie nur ein Blatt Papier. Mit einem Aufschrei krachte sie gegen eine der Steinbänke. Ihr wurde schwarz vor Augen. Das Letzte, was sie hörte, war eine gewaltige Detonation.

# 28

# MISANO

Der Rauch der Explosion legte sich nur langsam. Misano blickte den Turm hinauf, in dessen schwarz getönten Scheiben sich die Sonne spiegelte.

Auf dieser Ebene der Welt hatte seine Detonation keinen Kratzer erzeugt. Aber die Weberinnen dürften sein Anklopfen gehört haben. Elaine mit sich schleifend, trat er durch die Drehtüren in den Turm.

»Öffne es!«, knurrte er sie an.

»Niemals!« Auch wenn sie sich nicht mehr gegen ihn zur Wehr setzte, so verweigerte die Weberin noch immer jegliche Hilfe. Es nervte Misano. Elaine war am Ende ihrer Kräfte, die Enge und die Kälte hatten ihr körperlich zugesetzt – das war offensichtlich. Ihren Dickschädel hatte die Gefangenschaft jedoch noch nicht mürbe gemacht.

Er verfluchte Jin, der ihm diese Idee in den Kopf gesetzt, ihn aber mit der Umsetzung allein gelassen hatte. Wenn dieser irrwitzige Plan nicht aufging, würde sich dieser arrogante Kerl wirklich wünschen, er wäre sterblich!

Misano zerrte Elaine zu sich und durchsuchte ihre Hosentaschen. »Wo ist dieser Schlüssel?«

Elaine lächelte grimmig. »Ich habe keinen. Dein Handlanger hat mich entführt, wenn du dich erinnerst. Mein Schlüssel ist im Turm.«

Wutschnaubend stieß er sie von sich und fuhr herum. Es bedurfte einer Weberin und eines Schlüssels, um in diesen vermaledeiten Turm zu gelangen. Er wusste nicht, wie es im Turm aussah, sonst wäre er einfach hineingeswipt. Sein Blick streifte die Sänfte. Ein Swipe ins Unbekannte war ausgeschlossen, Zara durfte nichts passieren. Wütend ballte er die Hände.

Er, der große Misano, scheiterte, bevor er überhaupt an die Startlinie getreten war! Zu gerne hätte er jetzt jemanden – Aber halt! Hatte er nicht eben eine von diesen Weberinnen aus dem Weg geräumt?

Durch den Qualm der Explosion entdeckte er sie. Bewusstlos lag sie auf dem Boden, der schwarze Weberinnenmantel war ihr von den Schultern gerutscht. Er kniete sich neben sie, durchwühlte den Mantel und fand einen Handspiegel. Die Fassung aus Bronze war mit feinen Laubranken ziseliert. Genau, wie Jin ihn beschrieben hatte.

Misanos roter Mantel wogte einer Flutwelle gleich hinter ihm, als er zu Elaine zurückging. Mit einem herablassenden Lächeln drückte er ihr den Spiegel in die Hand. »Wie wäre es mit diesem hier.«

Verwirrt musterte Elaine den Spiegelschlüssel, doch da zerrte Misano sie schon vor die verspiegelte Säule.

»Öffne den Turm!«

Vergeblich versuchte die alte Frau, sich seinem Griff zu entwinden, doch er war stärker. Sie hatte keine Chance. »Ich werde dich nicht in den Turm bringen!«, schrie sie und schleuderte den Spiegel von sich.

Zornig brüllte er auf und ließ den Spiegel zurück in seine Hand fliegen. »Füge dich, Elaine!«

»Niemals! Jin ist wahnsinnig! Er will die Welt enden lassen!«

»Natürlich«, knurrte er und zwang den Spiegel in ihre Hand. »Du hältst dich für die alleinige Herrscherin über das Leben. Aber wir Unsterblichen werden dich daran erinnern, dass du nur die Dienstmagd bist!« Er packte ihr Handgelenk und drückte ihre Hand mit dem Spiegel vor die Säule. Die Unendlichkeit entfaltete sich und Misano samt den Kami, die Zaras Sänfte trugen, marschierten in den Turm der Weberinnen.

# 29
# LITA

**I**m Dauerlauf rannte Lita die Straße hinunter, dicht gefolgt von Rukar und DeeDee. Hannas Stimme hallte noch immer in ihrem Kopf wider. Am Telefon hatte Hanna gehetzt berichtet, dass sie Jin getroffen hatte und er Elaine die Prophezeiung gestohlen habe. Und dass sie irgendeinen schlimmen Fehler begangen hatte. Pure Panik hatte in ihrer Stimme gelegen. *Aleph bringt das Ende,* hatte Hanna mehrmals wiederholt.

Lita blieb stehen und schnappte nach Luft. Wie oft sollte sie heute noch durch London sprinten? Dafür war sie einfach zu untrainiert. Unsicher sah sie sich um. Ihr Atem flog und weiße Punkte tanzten vor ihren Augen. »Schneller«, flüsterte sie sich selbst zu.

Rukar hakte sie unter und zog sie mit sich. »Hier lang.« Er hatte ihr angeboten mitzukommen, denn er kannte Jin. Vielleicht konnte er tatsächlich helfen. Auch wenn Lita noch etwas Zweifel hatte, ob er nicht auch jetzt im Dienst eines Unsterblichen stand.

Verwirrt blickte sie sich um. In welcher Straße befanden sie sich? »Müssen wir nicht –?«

»Nein«, sagte Rukar bestimmt. »Orientierung ist nicht deine Stärke, hm?«

Grummelnd entzog sie ihm ihren Arm, wandte sich zu DeeDee um. Sie japste ebenso wie Lita, doch mit einem Nicken gab sie Lita zu verstehen, dass sie okay war.

Lita rannte mit Rukar an ihrer Seite weiter.

Plötzlich erschütterte ein Donner die Luft. Fensterscheiben klirrten.

»Was war das?« Panisch sah Lita die Straße hinauf. Doch die Autofahrer und Passanten hatten die Erschütterung offenbar nicht bemerkt. Fragend blickte sie Rukar an, dessen Miene sich verfinstert hatte.

»Das ist nicht gut«, murmelte er.

»Was ist los, Leute?«, fragte DeeDee kurzatmig, als sie die beiden eingeholt hatte.

»Schnell«, befahl Rukar. »Das kam mit Sicherheit von einem Unsterblichen.«

Jin! Lita rannte um ihr Leben. Ihr Herz machte sich ganz klein, aus Angst um ihre Mum.

Endlich erreichten sie den Turm. Vor dem Eingang wogte eine dichte Qualmwolke, Glassplitter glänzten auf dem Asphalt.

»Wir sind zu spät!« Geschockt taumelte Lita auf die Wolke zu. Hatte Jin den Turm angegriffen?

»Was ist denn los?« Irritiert blickte DeeDee den Turm hinauf. »The Gherkin ist doch euer Hauptquartier. Stimmt was nicht?«

Anscheinend konnte DeeDee nichts von der Verwüstung sehen. Sie hatte nur in der Welt der Weberinnen stattgefunden.

Lita presste sich den Ärmel vor Mund und Nase, denn der Qualm stank nach Schwefel und brannte in den Augen. Dennoch ging sie weiter, sie musste in den Turm und –

Vor dem Eingang des Turms lag jemand auf dem Boden.
»Mum!«

# 30
# MISANO

Sonnenlicht flutete die Halle und ließ die Blätter des gigantisch großen Baumes in lebendigem Grün leuchten.

Er blickte sich zur Sänfte um. »Bringt sie dorthin, an die Wurzeln des Baums!« Er stellte sich vor, wie seine geliebte Zara die Augen aufschlug und diesen beeindruckenden Baum erblickte. Ein Lächeln schlich sich auf seine Lippen. *Zara wird den Baum lieben, so groß und üppig, wie er sein Blätterdach ausbreitet.*

Weberinnen in hellen Mänteln, die am Fuß des Baumes Früchte in Körbe sortiert hatten, sahen ihn irritiert an. Vermutlich hatte sie bereits sein lautstarkes Anklopfen aufgeschreckt. Nun rückten sie näher zusammen und tuschelten über die weiße Sänfte, die die Kami zu ihnen trugen.

Misstrauisch beobachtete er Elaine, die er noch immer am Handgelenk gepackt hielt. Sie zitterte leicht, doch ihre Miene war verschlossen.

»Sagst du deinen Untergebenen nicht Guten Tag?«, zischte er.

»Lass sie in Ruhe. Sie haben hiermit nichts zu tun.« Ihre Stimme klang zittrig.

Misano richtete sich auf. Ha! Endlich hatte er es geschafft, die Selbstherrlichkeit der Obersten Weberin zu brechen.

Die Kami hatten die Sänfte abgestellt und mit einer Handbewegung entließ er die vier. Er brauchte sie nicht mehr.

Sein Blick wanderte die breite Treppe hinauf, die sich am Stamm des Baums emporschraubte. Weberinnen, die mit Früchten beladene Körbe Stufe für Stufe hinaufgeschleppt hatten, sahen verwirrt zu ihnen herab. Keine der Frauen schien jedoch ernsthaft darüber besorgt zu sein, dass ein Unsterblicher in ihrem Turm stand.

»Jin hat recht. Ihr seid ein Haufen dummer, hilfloser Weiber«, murmelte Misano. »Es ist eine Schande, eine Beleidigung gegenüber unserem Geschlecht der Unsterblichen, dass ihr die Macht über den Tod innehabt!«

Plötzlich richtete sich Elaine auf und entwand sich seinem Griff. »Flieht!«, schrie sie den verwunderten Weberinnen zu. Mehr stolpernd als rennend, hastete sie Richtung Treppe. »Sichert den Weltenraum!«

Aber die Frauen waren langsam von Begriff. Zwar ließen sie die Körbe sinken, doch statt sofort die Beine in die Hand zu nehmen, beobachteten sie unsicher ihre Chefin. Elaine hatte Mühe zu laufen und Misano lachte lauthals über die humpelnde, sich verbissen vorwärtskämpfende Elaine und ihre tuschelnde Truppe am anderen Ende der Halle. Er verschränkte die Hände hinterm Rücken und schritt Elaine gemächlich hinterher. Das intensive Rot seines Mantels knallte wie eine Drohung in dieser hellen Umgebung, die nur aus Weiß und Grün und Sonnenlicht bestand. Er fühlte sich wie ein König, der sein Reich in Besitz nahm.

»Flieht! Sichert die Lebensfäden!«, schrie Elaine erneut.

Misano beobachtete, wie eine Weberin zur Sänfte ging und durch die luftigen weißen Vorhänge lugte. Erschrocken zuckte sie zurück. Sie sagte etwas zu den anderen und plötzlich kam Bewegung in die Frauen. Eine raffte ihren Mantel, rannte zur Treppe und hastete die Stufen hinauf.

Verärgert zog er die Brauen zusammen. Was hatten sie über Zara gesagt? Wie konnte sie so schockiert über seine wunderschöne Frau sein! Niemand sprach abwertend über seine große Liebe. »Hiergeblieben!«, brüllte Misano. Er richtete seine Hand auf die neugierige Weberin.

Ein Blitz schoss knisternd daraus hervor und traf sie mitten auf der Flucht. Ihr Körper erstarrte in der Bewegung, als sie die Stufen hinaufrannte. Innerhalb eines Wimpernschlags war sie von einer dicken Eisschicht eingeschlossen.

Elaine gab einen erstickten Laut von sich. Sie taumelte vor Entsetzen und wandte sich zu ihm um. »Tu das nicht!«, flüsterte sie.

Endlich begriffen die Weberinnen, dass der Tag ihres Untergangs gekommen war. Panik brach aus. Wild durcheinanderschreiend stoben sie davon, die Treppe hinauf. Die fallen gelassenen Körbe und Früchte kullerten hinab und ließen eine der Weberinnen stürzen. Panisch kam sie wieder auf die Beine und floh den anderen hinterher.

Zufrieden beobachtete Misano das Chaos.

»Lauft nur«, murmelte er. Es gab keinen Grund für ihn, die Weberinnen zu schonen. Lang genug hatten sie seinesgleichen und die Menschen mit ihren willkürlichen Entscheidungen tyrannisiert.

Er ließ kleine Blitze um seine Fingerspitzen tanzen. Die Zeit war gekommen, seinem Zorn freien Lauf zu lassen.

»Nein!«, wimmerte Elaine, stolperte auf ihn zu und zerrte an ihm. »Lass sie gehen! Du willst doch nur mich!«

»Du hast ihnen befohlen, die Fäden zu schützen!« Immer mehr Weberinnen rannten die Treppe hinauf, andere suchten hinter dem Schicksalsbaum Schutz. Misano ließ seine Blitze los. Unbeirrt fand jeder sein Ziel. Panisches Kreischen und schmerzvolle Schreie hallten durch den Turm, bevor das markdurchdringende Knacken des Eises die Frauen zum Schweigen brachte.

Kälte wogte durch die Halle und Misano feuerte weiteres Eis auf den Baum. Wie die hereinrollende Flut breitete es sich aus, überkrustete die Treppe und fraß sich den Stamm des Schicksalsbaums empor. Bald glitzerten die Früchte des Baumes wie Diamanten und Eiszapfen troffen von den Ästen.

Elaine kauerte auf dem mit spiegelndem Eis überzogenen Boden und weinte lautlos.

Allmählich machte Misano die Stürmung des Turms wirklich Spaß. Schade, dass Jin es verpasste.

# 31

# TEGAN

Komm zu dir!« Voller Panik rüttelte Tegan an Winnies Schulter. Sie war eben erst auf dem Fußboden von Elaines Loft aufgewacht. Panisch schaute sie sich um, aber von Jin war nichts mehr zu sehen.

»Elaine?«, brüllte sie voller Angst, doch ihr Ruf wurde von einer seltsamen Stille geschluckt. Die Oberste Weberin war nicht in ihrem Loft. Jin hatte anscheinend in Elaines Abwesenheit ihre Sachen durchsucht. Irgendetwas ganz Übles ging vor sich.

Noch einmal pikte Tegan Winnie in die Seite. »Wach endlich auf!«

Gähnend streckte sich Winnie und rollte sich auf die andere Seite, um weiterzuschlafen.

»Winnie!« Tegan knuffte sie hart.

»Was denn!« Mürrisch öffnete Winnie die Augen, blinzelte und schien langsam zu begreifen, dass sie nicht in ihrem Bett lag. Die Erinnerung an das, was passiert war, traf sie offensichtlich wie ein Schlag, denn sie schnellte hoch. »Bei allen Webfasern! Jin!«

»Er ist fort«, beruhigte Tegan sie. »Aber Elaine ebenfalls. Ich mache mir Sorgen. Irgendetwas stimmt überhaupt nicht. Wir müssen die anderen informieren.«

Zögernd nickte Winnie.

Tegan bemerkte, wie sie nach dem Teppich in ihrer Tasche tastete. »Was hast du da drin gelesen?«, fragte sie erneut.

»Ich kann es dir nicht sagen, das weißt du.« Winnie stand auf und zupfte ihr Shirt zurecht.

»Ist diese ...« Hilflos wedelte Tegan in der Luft herum. »... Situation darin zu sehen? Wie Jin in den Turm eindringt?«

Winnie presste die Lippen aufeinander und schnaubte.

»Meine Güte. Das ist doch schon passiert! Wenigstens *das* könntest du mir sagen!« Als Winnie sie nur weiterhin stumm ansah, drehte Tegan sich auf der Hacke um und marschierte hinaus. Es ärgerte sie, dass etwas auf sie wartete, das so bedeutend war, dass es in einer Prophezeiung stand. In der Prophezeiung eines Fremden. Und *ärgern* war vielleicht das falsche Wort. Wenn sie ehrlich zu sich war, machte es ihr eine mordsmäßige Angst.

»Warte doch, Tegan!« Winnie rannte ihr nach. »Du weißt, dass ich es nicht tun kann.«

»Schon gut.« Sie war nicht sauer auf Winnie. Winnie tat das Richtige. Sie hielt sich nur an die Regeln.

Aber etwas ging vor sich, das am Gefüge der Welt rüttelte. Und Rukar war Teil dieses Unheils. Elaine war verschwunden. Ihre Tochter entführt. Ein Halbblut drang in den Turm ein, genau wie der Selbstsüchtigste der Unsterblichen.

Sie war sich sicher, dass Jin Elaine etwas gestohlen hatte. Warum sonst hatte er Winnie und sie ausgeknockt?

»Winnie ...« Tegan stoppte und wandte sich zu ihr um.

»Du schmökerst doch aus Spaß in all den Prophezeiungen. Ist dir je etwas unter die Augen gekommen, das von Lita spricht?«

»Lita? Wieso das denn?« Sie hatte im Laufen Rukars Prophezeiung aus ihrer Tasche geholt und umklammerte sie, als wäre sie ein Rettungsring.

»Sie ist eine *gesperrte* Weberin, außerhalb unserer Welt aufgewachsen, und ihre Mutter wurde von einem Unsterblichen entführt ... Eben ist Jin bei Elaine eingedrungen, ein Halbblut spukt hier ebenfalls herum ... du weißt, es gibt keine Zufälle! All diese Fäden sind miteinander verwoben!«

Fast schuldbewusst senkte Winnie den Kopf und starrte auf den Teppich in ihren Händen. »Es sind sicher keine Zufälle. Ich werde in den Gemeinschaftsraum gehen und Rukars Teppich genau studieren, versprochen.« Sie sah Tegan fest an. »Aber frag mich nicht aus!«

Tegan nickte, auch wenn es ihr schwerfiel. »Ich werde –«

Ein heftiger Knall erschütterte den Turm. Tegan und Winnie wurden von der Druckwelle fast umgeworfen. Die Blätter des Schicksalsbaums klingelten hektisch, als würden sie die Weberinnen warnen wollen.

»Was war das?« Besorgt beugte sich Winnie über das Geländer und spähte am Stamm hinunter.

Tegan ging langsam die Treppe hinab und lauschte angestrengt. Doch abgesehen vom Klingeln der Blätter war es ungewöhnlich still.

Weiter unten entdeckte sie eine Weberin in einem gelbem Mantel. »Hey!«, rief sie. »Was ist passiert?«

Die Frau blickte zu ihnen hinauf und hob achselzuckend

die Hände. »Ich habe keine Ahnung. Ich glaube, es kam aus der Eingangshalle.«

Ein ganz übles Gefühl verklumpte sich in Tegans Magen. Ihr Blick traf Winnies, die ebenfalls sehr beunruhigt aussah. »Schnell, wir müssen alle zusammenrufen!« Tegan begann, die Treppe hinunterzurennen, Winnie folgte ihr.

Doch sie kamen nicht weit. Von unten drangen Schreie herauf. Winnie krallte sich in Tegans Arm und zwang sie, anzuhalten. »Nicht. Bleib hier«, flüsterte sie und lauschte ängstlich.

Tegan hielt den Atem an und beugte sich über das Geländer. Doch das Blattwerk war zu dicht, um in den Eingangsbereich hinabzublicken. »Jemand ist da unten, der hier nichts zu suchen hat«, wisperte sie.

»Flieht! Sichert den Weltenraum!«, schrie plötzlich jemand voller Panik.

»Das ist Elaine!« Tegans Herz klopfte so laut, dass sie Sorge hatte, es würde alles andere übertönen.

Ein scharfkantiges Knistern schnitt durch die Luft, gefolgt von schrillen Angstschreien. Tumult brach in der Halle aus.

Winnie drängte sich an Tegan. »Was passiert da unten?«

Ohne zu zögern, packte Tegan sie, sprang mit ihr in den Baum und zog sie auf die Äste. »Zu den Unterkünften. Schnell!«

Winnie zitterte so sehr vor Angst, dass sie fast abgestürzt wäre, als sie von einem Ast absprang. Tegan erwischte sie gerade noch und zog sie wieder hinauf.

»Beruhige dich«, mahnte sie. »Wir schaffen das. Los. Zu unseren Räumen.«

Wieder knisterte die Luft und Tegan bemerkte, wie kalt es plötzlich war.

»Der Baum ...« fassungslos deutete Winnie auf die Äste unter ihnen. Raureif breitete sich auf den Blättern aus.

# 32
# LITA

Mum!« Schwer atmend kniete sich Lita neben ihre Mutter. Sie hatte eine Schramme an der Stirn. Anscheinend war sie von der Explosion, die sie vorhin gespürt hatten, gegen eine der Steinbänke geschleudert worden. Besorgt blickte sich Lita zum Eingang des Turms um. Die Drehtüren standen offen. Auf den Steinfliesen vor dem Eingang glitzerte es seltsam und sie meinte, Schmauchspuren am Glas neben den Türen zu erkennen.

»Was ist passiert?« Sie strich ihrer Mutter übers Haar und fühlte klebriges Blut. Schaudernd zog sie ihre Hand zurück. Sie war rot.

DeeDee gab ein erschrockenes Quieken von sich.

Rukar, der direkt neben Lita stand, fluchte leise. »Versuch, sie aufzuwecken.«

Lita bemerkte, wie er die Umgebung absuchte. Erwartete er etwa, dass derjenige, der ihre Mutter verletzt hatte, noch hier war? Unsicher musterte sie ebenfalls die Straße.

Ein paar Wagen parkten vor dem Turm. Im Café gegenüber saßen Leute, unterhielten sich, arbeiteten an ihren Laptops. Hatte keiner den Angriff auf ihre Mutter mitbekommen? Vermutlich nicht. Lita war ziemlich sicher, dass ein Unsterblicher ihre Mutter niedergeschlagen hatte.

Sie wandte sich wieder ihrer Mum zu und rüttelte sie sanft an der Schulter.

DeeDee hatte aus ihrem Rucksack Taschentücher und Wasser gezogen und reichte Lita ein feuchtes Tuch, damit sie das Blut abtupfen konnte.

»Mum?« Litas Stimme erstickte in Tränen. Sanft berührte sie Hanna an der Wange. Was, wenn sie nicht mehr aufwachte? Nein, nein, nein. Ihre Mutter war doch ein Zombie, redete sie sich ein. Sie konnte gar nicht sterben, oder? Ihr Faden hatte keinen Todeszeitpunkt mehr ... Niemand kam, um ihn abzuschneiden. »Bitte wach auf!«, flüsterte sie. Behutsam wischte sie das Blut von Hannas Stirn.

»Was ist ...« Es war mehr ein Stöhnen als klare Worte.

»Mum?«

Hannas Augenlider flatterten. Sie hustete.

»Mum! Du lebst!« Lita schlang die Arme um ihre noch immer am Boden liegende Mutter. Ihr Körper fühlte sich schwer an und zugleich dünn und verletzlich. »Ich bin so froh, Mum!«

DeeDee kniete sich neben Lita und reichte ihr die Flasche Wasser.

Dankbar nahm Lita sie an und hielt sie ihrer Mutter an die Lippen.

»Warum ist sie ohnmächtig geworden?«, fragte DeeDee besorgt.

»Ich glaube, sie wurde angegriffen«, murmelte sie. DeeDee hatte die Explosion nicht gehört, sie sah die schwarzen Schmauchspuren an den Drehtüren nicht. Und sie hatte keine Ahnung, wie hinterhältig Jin war. Natürlich ging sie davon aus, dass Hanna ohnmächtig geworden war und sich dabei verletzt hatte.

Ihre Mutter stöhnte leise und schloss wieder die Augen. »Die Explosion ...«, flüsterte sie.

»Auweia«, murmelte DeeDee. »Sie hat sicher eine Gehirnerschütterung vom Sturz.«

Lita suchte Rukars Blick. Sie hatte jetzt nicht die Kraft, ihrer Freundin die Wahrheit zu erklären. Er nickte ihr zu, als hätte er ihren Gedanken gehört.

»Hast du Traubenzucker oder so was dabei?«, wandte er sich an DeeDee. »Das würde ihren Kreislauf vielleicht etwas ankurbeln.«

»Ja, sicher!« DeeDee stand auf und wühlte in ihrem Rucksack. Doch sosehr sie auch suchte, sie fand die Packung nicht. »Ich hab aber doch erst heute Morgen eine neue –«

»Egal«, unterbrach Rukar sie. »Kannst du welchen besorgen? Ich glaube, Litas Mum hatte schlicht einen Kreislaufkollaps. Zu viel Aufregung heute. Sie ist sicher unterzuckert.«

»Alles klar. Ich bin sofort wieder da!« Sie warf Lita einen Mut machenden Blick zu und rannte los.

»Danke!«, rief Lita ihr nach und schenkte Rukar ein Lächeln. *Danke.*

»Schon gut. Zu gefährlich.« Er musterte besorgt den Turm hinter ihnen. »Sie ist nur ein Mensch.« Aus seiner Jacke zog er ein kleines Päckchen und hielt es Hanna hin.

Die hatte sich inzwischen aufgesetzt, sah aber nicht gut aus. Sie war blass und schien Probleme zu haben, das Gleichgewicht zu halten.

»Der bringt Sie wieder auf die Beine«, meinte er. Es war ein Päckchen Traubenzucker. DeeDees Traubenzucker.

Schmunzelnd warf Lita ihm einen Blick zu, als sie es auspackte und ihrer Mutter das Bonbon reichte. Für einen winzigen Augenblick trafen sich ihre Blicke und sie war einfach nur dankbar, dass er da war.

Hanna blinzelte die beiden verwirrt an. »Was ist passiert?«

»Erinnerst du dich nicht?« Lita rückte beiseite, um den Blick auf den Turm freizugeben.

Als Hanna zum Turm sah, wurde sie noch farbloser. »Elaine!«, stieß sie hervor.

»Mach dir keine Sorgen«, wollte Lita sie beruhigen. »Elaine ist nicht im Turm. Sie wird deinen Faden nicht kappen. Sie ist ...«

»Nein! Er hat Elaine! Er ist in den Turm mit ihr.« Hanna stemmte sich auf die Füße, schwankte jedoch. Sofort sprang Lita auf und griff ihr unter die Arme.

»Schnell! Wir müssen ihn aufhalten«, keuchte Hanna. Sie stützte sich auf Lita, um zu laufen.

»Wen? Jin?« Lita hatte Mühe, Hanna aufrecht zu halten.

»Nein. Es ist Misano.«

Misano? »Ein anderer Unsterblicher?«

»Entschuldigung«, murmelte Rukar. Im ersten Augenblick dachte Lita, er würde sich dafür entschuldigen wollen, dass Misano in den Turm eingedrungen war, doch dann spürte sie seine Hand. Er tastete sie ab! Was zum – bevor sie reagieren konnte, hatte er schon ihren Spiegelschlüssel in den Fingern, stützte Hanna auf der anderen Seite und half ihnen zum Eingang.

»Wer ist das?« Fragend musterte Hanna Lita.

»Das ist Rukar. Ich denke, er ist ein Freund.« Lita hoffte es zumindest.

Rukar antwortete nicht. Etwas in seinem Blick hatte sich verändert. Er schien betroffen zu sein. Lita meinte, Angst in seinen Augen zu entdecken.

Rukar hielt den Schlüssel vor die Säule. Wie oft war er wohl inzwischen schon auf diese Weise in den Turm eingedrungen?

Lita bemerkte, wie Hanna zusammenzuckte, als die Unendlichkeit sich brach und sie in der Halle standen.

»Was ...« Geschockt sah sich Lita um. Eis glitzerte und funkelte auf dem Boden und an den Glaswänden des Turms. Selbst die Blätter und Früchte des Baumes umhüllte eine dicke Eisschicht. Es sah magisch aus. Und schrecklich. Unter dem Baum stand eine ... »Ist das eine Sänfte?«

Sie hatte Mühe, Hanna vorwärtszubringen, denn der Boden war durch das Eis spiegelglatt.

»Bei allen guten Kami!«, flüsterte Hanna geschockt und Lita folgte ihrem Blick.

Um ein Haar wäre sie ausgerutscht, denn der Anblick ließ sie taumeln. Nicht nur der Baum und die Treppe waren mit Eis überzogen. Auf der Treppe standen lebensechte, menschliche Figuren. Ein Schreck durchfuhr Lita, als sie begriff, wen sie dort sah. Weberinnen! Mitten in der Bewegung zu Eis erstarrt. In ihren Gesichtern spiegelte sich blankes Entsetzen, Panik und Angst.

»Warum tut dieser Misano das?«, flüsterte sie.

Rukar nickte zur Sänfte. »Wegen ihr.«

Vorsichtig ließ Lita ihre Mutter los und schlitterte zur Sänfte hinüber.

Die Luft schien vor Kälte zu knistern. Als Lita ausatmete, bildeten sich Wölkchen. Von oben drang unheimliches Knistern zu ihnen herunter und Schreie zersplitterten wie Glas.

Angst schnürte ihr die Kehle zu. Zitternd schob sie die luftigen Vorhänge der Sänfte auseinander und blickte in das bleiche Antlitz einer Toten.

In diesem Moment gellte ein Schmerzensschrei durch den Turm, der Lita so sehr zusammenzucken und herumfahren ließ, dass sie ausrutschte und fiel.

Geschockt fing sie den Blick ihrer Mutter auf.

»Elaine!«, flüsterte Hanna.

## 33
# RUKAR

Geschockt starrte Rukar die Weberin an, die, auf einem Bein balancierend, mit einem dicken Eispanzer überzogen war. Sie war offenbar auf der Flucht vor Misano auf dem eisigen Boden ausgerutscht, doch der Eisstrahl des Unsterblichen hatte sie inmitten des Falls erwischt und eingefroren. Ihr Mund war zu einem panischen Schrei geöffnet, die Hände ausgestreckt, um sich abzufangen.

Aus Angst, noch Leben in ihrem Blick zu erkennen, wagte er nicht, näher an sie heranzutreten. Er wollte sich nicht vorstellen, wie es sich anfühlte, eingefroren zu sein. Lebendig begraben in eisiger Kälte.

Er wandte sich ab, doch es waren so viele. An den Wurzeln des Baums, geduckt hinter Körben, auf den Stufen, ja sogar in den Ästen hatte Misano die flüchtenden Frauen erstarren lassen. Ein Rachefeldzug gegen die Weberinnen.

Niemals hätte Rukar gedacht, dass Misano einen derart grausamen Plan verfolgen könnte. Aber was hatte er denn geglaubt, das Misano von Elaine wollte? Wütend ballte er die Fäuste. Er hatte gar nicht gedacht.

*Ein Auftrag ist ein Auftrag. Ich frage nicht, warum und wozu.*

Er nahm seinen Sold und wandte allem den Rücken zu.

Seit er für die Unsterblichen kleine Jobs übernahm, war noch kein Auftrag so offensichtlich falsch gewesen wie der, Elaine zu entführen.

Sein Blick suchte Lita, die hilflos zwischen den Weberinnen stand. Sie wirkte zerbrechlich wie eine Blume, die sich im Frühling zu früh hervorgewagt hatte, und ahnte, dass sie unweigerlich erfrieren würde.

Über ihren Köpfen knisterte es. Eissplitter schossen wie scharfe Messer herab.

Mit ein paar Schritten war er bei Lita und zog sie aus dem Schussfeld. Krachend zersplitterte das Eis auf den Fliesen, wo eben noch Lita gestanden hatte. Erschrocken keuchte sie auf und zog sich noch weiter unter den Schicksalsbaum zurück.

Hektisch suchte Rukar die Treppe nach Misano ab. Wo steckte der Kerl? »Sei vorsichtig. Er schießt auf jede Weberin, die er entdeckt.«

»Es ist meine Schuld!«, flüsterte sie.

»Wie bitte?« Wovon redete Lita da? »Wo ist deine Mutter?« Der Eingangsbereich vor der Treppe war leer. Wo war sie hin? Hatte sie sich vor Misano in Sicherheit gebracht?

»Elaine hat gesagt, ich werde die Welt vernichten«, flüsterte Lita.

Sie stand eindeutig unter Schock. Ihre Augen weit aufgerissen, starrte sie ausdruckslos auf eine Weberin, die vergebens hinter einem Korb mit Früchten Schutz gesucht hatte.

»Quatsch! Nicht du hast diesen Eisgarten angelegt, sondern Misano. Er will Rache an Elaine.« *Und wenn du es ge-*

*nau wissen willst: Es ist allein meine Schuld, dass er Elaine überhaupt zu fassen bekommen hat.*

»Ich muss zu ihr!« Lita rannte zur Treppe.

Sofort setzte Rukar ihr nach und riss sie zurück. »Bist du lebensmüde? Was glaubst du, macht er mit dir, wenn er dich bemerkt?« Nervös beobachtete er die Ebenen über ihnen. Wohin wollte Misano mit Elaine? Wieder knisterte die Luft und ein Eisblitz traf den Baum.

»Ich habe keinen Schicksalsfaden, Rukar. Er kann mir nichts tun!« Lita wollte ihn wegstoßen, doch er wich ihr im letzten Moment aus, behielt aber ihr Handgelenk fest im Griff. Den Schwung ihrer Bewegung nutzte er, um sie näher zu sich zu ziehen.

»Du glaubst, alle anderen Weberinnen sind tot?«, flüsterte er.

Erschrocken wandte sie ihm ihr Gesicht zu. Ihre Lippen zitterten. »Du meinst –«

»Sie leben noch. Aber sie werden erfrieren. Langsam.«

Für einen Moment schwand Litas Widerstand gegen seinen Griff. Geschockt starrte sie zu einer der Eisstatuen hinüber.

»Wir müssen sie auftauen. Wir müssen Misano aus dem Turm werfen!«, sagte sie entschlossen.

Lita gab nicht auf, obwohl der Schock über Misanos Taten sie offensichtlich an ihre Grenzen brachte. Das beeindruckte ihn. Aber er war sich sicher: Wenn er sie gehen ließ, würde es keine Minute dauern, bis Misanos Eis auch sie treffen würde.

Eisblitze zuckten durch das Blätterdach. Ein Ast brach, stürzte herab und zersplitterte nur zwei Schritte entfernt in Abermillionen Eiskristalle. Für einen Augenblick starrten sie beide auf die winzigen funkelnden Bruchstücke des Asts.

Rukar war klar, was mit den zu Eis erstarrten Weberinnen passieren würde, wenn sie von herabfallenden Zweigen getroffen werden würden. Er musste tief durchatmen. Was hatte er nur angestellt!

»Es geht um mehr als Elaine.« Lita sah ihm entschieden in die Augen. »Ich weiß zwar noch längst nicht alles über dieses Schicksalszeug, aber ich weiß, dass die Leben sehr vieler Menschen an diesen Fäden da oben hängen. Und dass dieser Wahnsinnige mit Elaine dort hinaufgegangen ist. Wenn dieser blöde Orakelspruch sich bewahrheitet, dann steht gerade das Schicksal der Welt auf dem Spiel. Und ich werde nicht einfach dasitzen und zusehen, wie ein durchgeknallter, liebeskranker Irrer das Leben sämtlicher Menschen zerstört!«

Und wieder hatte Rukar ihren Angriff nicht kommen sehen. Sie wirbelte herum, sodass er sie loslassen musste, und rannte mit großen Schritten die Treppe hinauf.

## 34
# TEGAN

Bist du des Wahnsinns!« Winnie krallte sich in Tegans Mantel und zog sie mit aller Kraft zurück. Sie kauerten auf einem breiten Ast, tief im Schicksalsbaum verborgen. Die Luft war inzwischen so kalt, dass sie beim Atmen verräterische Wölkchen ausstießen. Zweige und Blätter waren mit Frost überzogen.

Tegan, die noch immer nur ihr Trägertop unter dem Mantel trug, fror. »Lass mich! Wir müssen wissen, was los ist!«, zischte sie.

Den Plan, die Unterkünfte zu erreichen, hatten die beiden schnell verworfen, als ihnen bewusst geworden war, dass der Eindringling sich in die gleiche Richtung bewegte. Das Knistern und Splittern kam immer näher. Unter ihnen hatten sie Luana bemerkt, die ebenfalls versuchte, sich in das dichte Astwerk zu retten. Doch plötzlich war ein Blitz durch die Blätter geschossen, Luana hatte aufgeschrien und innerhalb einer Sekunde hatte das Eis die Weberin eingeschlossen.

Tegan hatte Winnie den Mund zugehalten, damit ihr panischer Schrei sie nicht verriet.

»Wir müssen hierbleiben! Er bringt uns sonst auch um!«, flüsterte Winnie. Sie zitterte am ganzen Körper.

*Er.* Tegan ging davon aus, dass es Jin war, der sein Unwesen im Turm trieb. Was wollte er?

»Scht!«, fuhr sie Winnie ungeduldig an. »Bleib du hier. Ich muss sehen, was los ist. Und ob ich etwas tun kann.« Wenn Jin der Angreifer war, konnte sie kaum etwas gegen ihn ausrichten. Sollte es Rukar sein, worauf sie im Stillen hoffte, dann hatte er vielleicht einen Faden. Und sie würde diesen Faden finden!

Doch Winnies Finger krallten sich noch immer in Tegans Mantel. Stumm schüttelte sie den Kopf.

»Winnie! Ich weiß, du hast etwas in dem Teppich gesehen.«

Für einen Augenblick hielt Winnie die Luft an und bestätigte damit, was Tegan schon klar gewesen war. »Ich will nicht wissen, welches Schicksal mich mit Rukar verbindet. Aber was auch immer passiert – du weißt, es passiert, Winnie. Es steht geschrieben. Also lass mich gehen.«

Schließlich löste Winnie ihren Griff. »Trotzdem. Pass auf dich auf, Tegan. Versprich es mir!«

»Versprochen!« Sie drückte Winnies Hand, drehte sich vorsichtig und kletterte durch die Äste immer weiter hinab.

Inzwischen war sie auf der Ebene des Weltenraums. Das Herz des Turms. Wollte Rukar dort eindringen? Wozu?

Behutsam schob sie sich weiter vor, um einen Blick auf den Bereich vor dem Weltenraum zu erhaschen. Da bemerkte sie zwei Weberinnen. Sie rannten hektisch vor dem Zugang zum Gespinst auf und ab und stapelten Körbe ... Wollten sie damit etwa den Zugang versperren? Fast hätte sie aufgelacht.

*Wie naiv und wehrlos wir doch sind.* In all den Jahrtausenden war es für die Weberinnen nie nötig gewesen, sich und die Fäden zu verteidigen. Jeder, sowohl Weberinnen als auch Unsterbliche und Kami, hatten ihre Rollen und Aufgaben widerspruchslos ausgeführt.

Vorsichtig kletterte sie auf einen Ast unter ihr, schob das Blattwerk zur Seite und winkte, um die Aufmerksamkeit der beiden auf sich zu lenken. Sie kannte die zwei. Es waren Heather und Fay. Endlich bemerkte Fay sie, gab Tegan ein Zeichen und flüsterte Heather etwas zu.

Heather wandte sich gerade zum Baum um, nachdem sie einen weiteren Korb auf die Barriere geschichtet hatte, als ein Blitz heranschoss und sie mitten in die Brust traf. Fay kreischte auf, doch bevor sie überhaupt reagieren konnte, war sie ebenfalls in einem Eispanzer eingeschlossen.

Tegan warf sich auf den Ast, klammerte sich an das eisige Holz und versuchte, die Luft anzuhalten. Doch ihre Panik ließ sie hektisch und laut atmen.

*Hast du es gewusst, Winnie? Wird Rukar jetzt auch mich einfrieren?*

Jemand stampfte schnaufend die Treppe herauf. »Ist es hier?«, polterte seine Stimme. Aber – das war nicht Rukar. Auch nicht Jin. Die Stimme klang tief und dröhnend.

Obwohl sie sich vor Angst am liebsten hinter dem Baumstamm versteckt hätte, schob sie sich auf dem Ast liegend weiter vor, bis sie mit zitternden Fingern ein paar Blätter zur Seite schieben konnte.

Elaine! Ein Unsterblicher hatte sie in seiner Gewalt. Er trug einen tiefroten Mantel, den er wie eine Woge aus Blut hinter sich herzog. Frost bedeckte den Stoff und ließ ihn glitzern, als sei er mit Millionen Diamanten bestickt. Sein leicht angegrautes, aber dichtes Haar schien ebenfalls von Eis durchsetzt zu sein. Es machte ihm jedoch offensichtlich nichts aus.

Elaine hingegen sah fürchterlich aus. Die Lippe aufgeplatzt, ein blaues Auge, die Haut fahl. Sie humpelte und schien kaum noch Kraft zu haben, sich auf den Beinen zu halten. Was hatte er ihr angetan? Und warum?

Voller Entsetzen wandte Tegan sich ab und blickte hinauf zu Winnie. Die junge Weberin kauerte über ihr. Sie hatte den Unsterblichen ebenfalls gesehen.

Winnie schüttelte kaum merklich den Kopf. Tegan wusste, dass sie recht hatte: Sie konnte Elaine nicht helfen. In der Sekunde, in der sie ihre Deckung aufgab, würde der Unsterbliche sie zu Eis verwandeln.

Mit einer Handbewegung fegte er die Körbe vor dem Eingang wie Wattebäusche fort.

Er wollte zu den Fäden! Tegan konnte es nicht begreifen.

Warum hatte niemand diesen Überfall kommen sehen? Warum gab es dazu keine Prophezeiung?

*Weil es uns alle betrifft. Niemand darf sein eigenes Schicksal kennen.*

Tränen stiegen ihr in die Augen, als sie zu Fay und Heather sah. Es war ihr Schicksal gewesen. Äon hatte es beschlossen. Niemand entkam seinem Willen.

Am liebsten hätte Tegan ihre Wut auf Äon laut herausgebrüllt. Sie waren sein Werk. Die Welt, die Menschen, alle waren sie von diesem Wesen erschaffen worden. Hatte es deshalb das Recht, sie so zu behandeln? Als wären sie nur dumme Spielfiguren, mit denen es tun und lassen konnte, was es wollte?

Der Unsterbliche zerrte Elaine in den Weltenraum.

War nun das Ende gekommen?

Mit einem Mal hatte sie die Worte der Kami-Frau im Ohr, die sie in dem Pub getroffen hatte.

*Es braut sich etwas zusammen, Weberin. Rukar ist Teil davon. Asche wird über die Welt kommen!*

Im selben Augenblick nahm sie die Schritte auf der Treppe wahr. Eine Frau zog sich am Geländer die letzten Stufen zu der Plattform hinauf. Offenbar war sie eine Weberin, denn sie trug einen der Umhänge, die Weberinnen vor menschlichen Blicken verbargen. Aber Tegan kam sie nicht bekannt vor. Blut verkrustete eine Wunde an ihrer Stirn. Hinter ihr kam noch jemand die Treppe herauf.

Vorsichtshalber schob Tegan Blätter wie einen Vorhang vor sich und spähte nur durch eine schmale Lücke.

Lita! Sie rannte zu der Weberin und stellte sich ihr in den Weg. Offenbar wollte sie die Frau daran hindern, in den Weltenraum zu gehen. Und ... Lita folgte noch jemand.

Rukar.

Tegan hielt den Atem an.

*Asche wird über die Welt kommen!*
*Rukar ist Teil davon.*

## 35

# ELAINE

Elaine fühlte nichts mehr. Ihr Körper war zerrissen von Schmerz, aber er fühlte sich wie ein dicker Mantel an, der jegliche Emotion von ihrer Seele abhielt. Es war zu viel. Mehr Schmerz und Leid konnte sie nicht aufnehmen.

Sie hatte ihre Chance auf Wiedergutmachung bei Äon verpasst. Mehr noch: Durch sie waren alle Weberinnen in Gefahr geraten. Schaudernd dachte sie an all ihre Schwestern, die dort draußen langsam erfroren. Doch sie war machtlos. Sie war nichts weiter als eine alte, gebrochene Frau.

*Elaine wird den Tod zu den Lebenden kommen lassen.* In dem Moment, als Jin grinsend den Vers der Prophezeiung an Zaras Sarg gesprochen hatte, war ihr klar geworden, dass sie sich all die Jahre geirrt hatte. Und dass Misano recht hatte.

Sie war eine egozentrische Frau, die immer nur sich im Mittelpunkt der Welt gesehen hatte. Als würde Äon sich nach ihr richten. Aber nicht sie entschied über den Werdegang der Welt. Sie war nur ein kleines, unbedeutendes Werkzeug.

»Beeindruckend.« Misano schubste sie in den Weltenraum. »Das ist es also, ja? Das sind die Leben der Menschen?«

Elaine fiel nach vorne auf die Knie. Mit gesenktem Kopf kauerte sie da. Sie konnte sich Misano nicht entgegenstellen. Was immer er vorhatte, es war nicht zu verhindern.

Misano trat an das Geflecht und musterte die schillernden Fäden. Schließlich streckte er die Hand danach aus und wollte sie packen. Doch seine Hand glitt wie durch Nebel. »Was soll das!« Wütend fuhr er zu ihr herum. »Willst du mich zum Narren halten?«

Elaine zitterte. Nur mit Mühe richtete sie sich auf. Bei dem Sturz aus dem Eiskubus hatte sie sich die Schulter verletzt. Es schmerzte, sie konnte den Arm nicht benutzen.

»Was hast du erwartet?«, murmelte sie. »Dies hier ist unser Reich. Du magst Eis umherschleudern, einen Sturm heraufbeschwören, doch die Leben der Menschen unterliegen nicht deiner Macht. Äon hat sie in unsere Obhut gegeben.«

»Das ist mir egal!«, polterte er. »Ab heute werden sich die Regeln ändern.«

Inzwischen war es ihr gelungen, aufrecht zu stehen, aber sie fühlte, wie schwach ihre Beine waren. »Ich habe dich im Übrigen nie zum Narren gehalten, Misano. Die Fäden können nur von Weberinnen berührt und verändert werden. So hat es Äon bestimmt.« Erschöpft beobachtete sie, wie er durch die Fäden rannte, immer wieder wütend mit den Armen hindurchfuhr und doch nichts in den Händen hielt.

Das Gespinst erzitterte unter Misanos Attacken. Besorgt musterte Elaine die unzähligen Kreuzungen und Verbindungen der Lebensfäden. Jedes Leben war mit anderen verknüpft und verwoben. Alles bedingte sich gegenseitig.

»Du hast dich gegen mich gestellt, als du Zara getötet hast. Du allein hast zu verantworten, was hier geschieht«, donnerte Misano und hieb unnützerweise erneut auf die Fäden ein.

Schweigend ließ sie ihn toben. Wie ein Kind, das gerade erleben muss, dass seine Kraft und sein Einfluss auf die Welt Grenzen hat. Auch sie hatte Grenzen. Auch sie hatte sie nicht akzeptiert. Der Schmerz über den Verlust ihrer Tochter hatte sie fortgerissen. Er war so mächtig und allumfassend gewesen, dass sie das Bewusstsein für all die anderen Leben, für das sensible, aber ausgewogene Geflecht des Lebens verloren hatte. Sie war nicht besser als Misano.

Auch wenn sie niemanden mit Eis aus ihrer Hand ermordet hatte ... sie hatte das Leben aller gegen das von Hanna gesetzt. Äon hatte Elaine in ihre Schranken verwiesen – und es würde genauso mit Misano verfahren.

»Ich bin machtlos, Misano. Genau wie du.«

Ein Eisblitz donnerte haarscharf an ihr vorbei und schlug splitternd in den Rahmen des Torbogens ein.

»Mach die Augen auf! Sieh, was ich deinem Bäumchen und deinen Weberinnen angetan habe! Ich bin nicht machtlos!« Er stürzte vor und packte sie am Hals. »Und ich werde immer so weitermachen, bis du mir Zara zurückbringst!«

*Der Tod kommt zu den Lebenden.* Sein Griff schnürte ihr die Luft ab, doch sie schüttelte kaum merklich den Kopf. Jin hatte ihm diese Idee in den Kopf gesetzt.

Da schleuderte er Elaine zu den Fäden und sie landete hart auf den Knien. Flammender Schmerz durchzuckte ihre Schulter, als sie sich instinktiv mit dem Arm abfangen wollte. »Ich kann sie nicht zurückbringen«, flüsterte sie. Zaras Faden war nicht mehr Teil des Weltengeflechts. Den Faden zurückzuflechten, würde Zara nicht wieder leben lassen. Es blieb der Faden einer Toten.

»Belüg mich nicht!« Misano trat hinter sie und sie konnte hören, wie ein Eisblitz knisternd um seine Finger tanzte. »Jin hat mir versichert, dass du es tun kannst: Füge ihren Faden wieder ein. Bring Zara zurück unter die Lebenden! Jetzt!«

*Der Tod kommt zu den Lebenden.*

Woher hatte Jin den Orakelspruch? All die Jahre hatte sie ihn vor allen verborgen!

Schwer atmend lauschte sie auf Misano, der noch immer hinter ihr stand und das Eis um seine Hand tanzen ließ.

*Aleph bringt das Ende.*

Aleph. Der Anfang. Elaine stöhnte leise auf. Sie war so besessen gewesen von sich selbst und ihrer wichtigen Position als Äons Sprachrohr, dass sie sich geweigert hatte, über andere Deutungen des Orakelspruchs nachzudenken. Aleph. Aleph stand nicht für sie, Elaine, die Äons Worte stets als Erste vernommen hatte. Aleph meinte nicht sie, Elaine, deren Ungehorsam der Anfang des Weltendes war.

Es war Misano, der die Welt zerstören würde. Ein Unsterblicher. Ein Erstgeborener Äons. Ein Aleph, wie die Unsterblichen in der alten Sprache genannt worden waren.

*Aleph bringt das Ende.*

# 36
# RUKAR

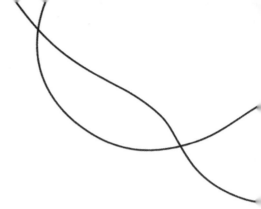

Du kannst nicht einfach da rein! Wir brauchen Hilfe!«, flüsterte Lita ihrer Mutter zu.

»Von wem willst du Hilfe bekommen? Den Unsterblichen?« Sie schob sich an Lita vorbei zum Eingang, doch Lita hielt sie zurück.

Rukar beobachtete die Szene vom Treppenabsatz aus. Immer wieder glitt sein Blick zu den beiden Weberinnen, die zu Eis erstarrt neben dem Zugang zur großen Kuppel standen. Das eigentümliche Licht, das durch den Eingang auf sie fiel, malte groteske Schatten auf ihre in Angst erstarrten Gesichter. Misano war mit Elaine in den Raum verschwunden, aus dem das vielfarbige Licht strahlte. War das der Weltenraum, von dem er schon so viel gehört hatte? Der Ort, an dem sich die Lebensfäden der Menschen befanden, ihre Zukunft, Gegenwart und Vergangenheit?

»Nein, Mum. Du bist verletzt. Geh und hol Faine. Oder irgendwen anders. Gibt es keine netten Unsterblichen?«

Fast hätte Rukar gelacht. Nette Unsterbliche ... Er trat zu den beiden und behielt dabei den Eingang zum Weltenraum im Auge.

»Und du? Was hast du vor?«, fragte Hanna ihre Tochter. Es klang verzweifelt.

Lita zögerte eine Sekunde und warf einen Blick auf den schimmernden Nebel hinter dem Torbogen. »Ich werde mich meinem Schicksal stellen.«

Meinte sie etwa diesen dummen Orakelspruch? Rukar sah sie besorgt an. Sie wollte doch nicht irgendetwas Dämliches tun, bloß weil sich jemand ein paar idiotische Zeilen ausgedacht hatte.

»Du hast kein Schicksal!«, entfuhr es Hanna. Sie packte Lita bei den Schultern, wie um sie wachzurütteln.

Rukar schob sich zwischen die beiden. »Für einen Mutter-Tochter-Streit ist das ein denkbar schlechter Moment. Sind die Fäden der Menschen in diesem Raum? Was kann Misano dort wollen? Wozu braucht er Elaine?«

»Du hast ihm doch alles für seinen Racheplan geliefert«, fuhr Lita ihn an. »Sag du uns, was er vorhat!«

Rukar wurde blass. Er wollte nicht, dass Lita auf ihn wütend war, obwohl sie gar nicht anders konnte. Er hatte tatsächlich die Weichen für diesen Albtraum gestellt.

»Das ist der Weltenraum. Millionen von Schicksalen nehmen darin ihren vorgegebenen Weg. Misano kann ihnen aber nichts anhaben. Dennoch –« Hanna knetete ihre Hände und beobachtete besorgt den Torbogen. Doch außer dem Nebel war nichts darin zu erkennen. »Der Einzige, der helfen könnte, wäre wohl Äon.«

»Äon?«, fragte Rukar ungläubig.

Entschlossen nickte Lita. »Wenn es diesen ganzen Mist angezettelt hat, soll es ihn wieder aufräumen. Und wenn nicht ...«

Hanna schob sich an Rukar vorbei, der noch immer wie ein Puffer zwischen den beiden Frauen gestanden hatte, und umarmte ihre Tochter. »Ich gehe zum Orakel und versuche, Äon zu erreichen.«

»Ihr habt wirklich einen Direktlink zu Äon?« Die Tauben hatten so was angedeutet, dass Elaine mit Äon sprach.

»Es funktioniert vermutlich nur in eine Richtung«, murmelte Lita und schlich näher an den Durchgang heran.

»Beeil dich, Mum!«

»Lita!« Sie hielt ihre Tochter zurück. »Geh nicht da rein!« Sie wandte sich zu Rukar um. »Lass sie nicht in den Weltenraum!«

»Sie glauben, ich kann Ihre Tochter von etwas abhalten ...?«

»Ich glaube, dass du zu sehr erstaunlichen Dingen fähig bist, Rukar.«

Verwundert nickte er. Das hatte noch niemand zu ihm gesagt. Und Litas Mutter kannte ihn doch nicht einmal.

Plötzlich donnerte Misanos Stimme aus dem Weltenraum. »Ich warne dich, Elaine!«

Alle drei zuckten zusammen. Hanna warf Rukar einen beschwörenden Blick zu und hastete dann die Treppe hinauf.

Rukar duckte sich neben Lita, die sich an den Torbogen herangeschlichen hatte und in den Raum spähte.

»Ich werde dich da nicht reinlassen«, flüsterte er.

»Spielst du dich jetzt wirklich gerade als mein Beschützer auf, nur weil meine Mum es dir gesagt hat?« Sie klang amüsiert.

Dabei gab es keinen Grund, das auch nur ansatzweise lustig zu finden. »Nein. Ich sage es, weil ich gesehen habe, was Misano mit den anderen Weberinnen gemacht hat. Weil ich ihn kenne und weiß, dass er gerade völlig von Sinnen und unberechenbar ist.«

Lita legte die Finger auf die Lippen und lugte erneut in den Raum. Unwillkürlich schob er sich näher an sie heran und folgte ihrem Blick.

Misano stand über Elaine gebeugt, hielt sie mit einer Hand an den Haaren gepackt, die andere dicht an ihrer Wange. Eisfunken britzelten über seinen Fingerkuppen, zischten auf ihre Wange nieder. Elaine unterdrückte den Schmerzensschrei.

Rukar verschlug es den Atem. Wie konnte Misano nur –?

»Stopp! Sofort aufhören!« Lita war aufgesprungen und bereits halb bei Misano, bevor Rukar überhaupt begriffen hatte, was passierte. Sie hatte es schon wieder getan! Sie hatte ihn ausgetrickst und seinen Zeitradar umgangen!

Verflucht! Er sprang auf und rannte ihr nach.

Lita zeigte keinen Respekt vor dem breitschultrigen Unsterblichen. Mit voller Wucht warf sie sich gegen ihn und stieß den Überraschten von Elaine fort. Misano taumelte, ließ die alte Frau los, die kraftlos zu Boden fiel, und starrte Lita fassungslos an. Doch er hob bereits seine Hand, über die eisblaue Blitze zuckten.

Eine Sekunde genügte Rukar, um sie zu stoppen. Alle drei verharrten mitten in der Bewegung wie ein angehaltenes Filmbild. Nur Rukar bewegte sich. Die Zeit gehorchte ihm, dehnte und stauchte sich für ihn, wiederholte sich oder blieb stehen. Er ging zu Lita, packte sie und zog sie aus der Schussbahn.

Als die Zeit weiterlief, schlug der Eisblitz genau dort in

den Boden, wo vor einem Wimpernschlag noch Lita gestanden hatte.

Überrascht kiekste sie auf, als ihr klar wurde, dass sie sich plötzlich woanders befand, um ein Haar in Eis verwandelt worden wäre und sich außerdem Rukar schützend vor sie gestellt hatte.

Er versuchte, sie zum Ausgang zu schieben, während er Misano genau im Auge behielt. Bereit, sofort wieder die Zeit anzuhalten.

»Lass das!« Verärgert schlug Lita seine Hand weg und brach aus der Deckung aus.

Misano achtete nicht mehr auf Lita. Stattdessen konzentrierte er sich auf Rukar. »Was tust du denn hier?«

»Geschäfte, Misano. Was sonst. Du kennst mich«, antwortete er knapp. Er wollte seinem Blick standhalten und ihm zeigen, dass kein Bote vor ihm stand, sondern ein Gegner. Einer, der im Gegensatz zu den Weberinnen über Waffen verfügte, mit denen er Misano schaden konnte. Doch Rukars Blick flog immer wieder zu Lita, die sich ganz offensichtlich einen Dreck um ihr Leben scherte und schutzlos zu ihrer Großmutter lief.

»Komm mir nicht in die Quere«, knurrte Misano ihn an und wandte sich wieder Elaine zu.

Die alte Frau lag immer noch reglos am Boden. Es war ihr deutlich anzusehen, dass sie am Ende ihrer Kräfte war.

»Du weißt doch, Misano: Geschäft ist Geschäft!«, rief Rukar. »Es gilt immer nur der aktuelle Auftrag.«

»Ein Geschäft?« Der Unsterbliche lachte verächtlich. »Mit einer Weberin?«

»Ich werde dir meinen Auftraggeber nicht nennen.« Er

versuchte ein verschmitztes Grinsen, doch es misslang ihm. Dennoch warf ihm Misano einen misstrauischen Blick zu. Gut. Für einen Moment war er mit diesem Rätsel beschäftigt.

Rukars Blick suchte Litas, doch sie ignorierte ihn. Schlimmer. Sie stellte sich breitbeinig hin, verschränkte die Arme, reckte stolz das Kinn und motzte Misano an: »Lass Elaine gehen!«

Rukar sah die brodelnde Wut in Misanos Augen. Er schloss die Augen. Dieses Mädchen war lebensmüde!

»Sie wird tun, was ich von ihr verlange!«, blaffte Misano Lita an und erneut zuckten Blitze um seine Finger.

»Wir Weberinnen unterstehen nicht dem Befehl eines Unsterblichen! Du hast hier nichts zu suchen. Geh! Verlass den Turm auf der Stelle!« Lita wich keinen Millimeter.

Fassungslos starrte Rukar sie an. Das war nicht mutig. Das war absolut dumm, hirnrissig, verblödet, dämlich.

Misano ließ die Eisfunken tanzen. Doch Lita blickte ihn weiter herausfordernd an.

Ihre Willensstärke schlug ihn in den Bann und Rukar zuckte geschockt zusammen, als plötzlich eine Welle aus Eis auf ihn zuraste. Er hatte keine Chance mehr auszuweichen. Das Eis packte ihn, riss ihn mit sich, schleuderte ihn durch den Torbogen und er krachte gegen den Stamm des Schicksalsbaums.

Schwärze senkte sich über ihn.

## 37
# LITA

Geschockt beobachtete Lita, wie die Welle aus Eis, die Rukar soeben aus dem Weltenraum gespült hatte, sich auftürmte und binnen Sekunden den Ausgang versiegelt hatte.

Nun war sie eingeschlossen. Eingeschlossen mit einem verrückten Unsterblichen. Ihr Blick suchte Elaines, doch die lag noch immer zusammengekauert auf dem Boden. Sie zitterte am ganzen Körper.

Noch vor wenigen Stunden hatte sie einen Freudentanz aufgeführt, als sie erfahren hatte, dass Elaine keine Chance hatte, ihre Mum auszulöschen. Keine Sekunde hatte sie Mitleid oder Angst um ihre Großmutter gehabt. Sie war einfach nur erleichtert gewesen.

Doch jetzt tat es ihr leid. Elaine musste unsagbare Schmerzen leiden, denn dieser Misano hatte ihr Schlimmes angetan. Und das nur, weil er mit seiner Trauer nicht klarkam? Jeder andere sollte deswegen sterben?

Sie spürte seinen Blick auf sich und wandte sich ihm trotzig zu. Wäre er nicht so von Zorn zerfressen gewesen, hätte sie ihn vielleicht für einen umgänglichen, durchaus charmanten Mann gehalten. Aber unter den Bartstoppeln, schwarzen Augenringen und ungepflegten Haaren konnte sie sein wahres Wesen nur schwer abschätzen.

Seine Skrupellosigkeit stand jedoch außer Frage. Genauso wie die Aussichtslosigkeit ihrer eigenen Situation. Sie musste Zeit schinden, damit Hanna rechtzeitig Äon erreichen konnte. Das allmächtige Wesen schnippte dann einmal mit seinen körperlosen Fingern und alles war wieder gut. Sehnsüchtig dachte sie an DeeDee, Chloe und Lauren, einen guten Burger und einen Spaziergang an der Themse.

Noch hatte er sie nicht in eine Eisstatue verwandelt. Sie wollte auch gar nicht darüber nachdenken, warum. Sie musste ihre Chance nutzen.

»Verlass den Turm!«, wiederholte sie ihre Forderung mit fester Stimme. Sie hatte nicht die Macht, ihn mit einem Orkan aus dem Turm zu schleudern, doch das Wichtige war, dass sie alles getan hatte, was sie tun konnte. Dass sie mit allem, was sie geben konnte, für das gekämpft hatte, woran sie glaubte. Sie lächelte, als ihr Faines Worte in den Kopf kamen. Und fast war es, als könnte sie seinen Kuss auf ihrer Stirn aufleuchten spüren.

»Bist du Lita?« Neugierig trat Misano näher und betrachtete ihr Gesicht, als könne er in ihr lesen.

Lita presste die Zähne aufeinander. Mit keiner Faser wollte sie die Angst zeigen, die sie durchströmte. Woher kannte er ihren Namen?

Ihr Herz raste so sehr, dass sie sich zusammenreißen musste, um weiter ruhig zu atmen, während er immer näher kam. *Er will dich nicht vereisen, sonst hätte er es schon längst getan. Er verfolgt ein anderes Ziel.*

»Ja. Ich bin eine Weberin. Und dies ist mein Zuhause. Und du – du bist hier eingebrochen.« Sie sagte es laut. So laut es nur ging, um sich selbst Mut zu machen.

Misano lachte amüsiert auf. »Und nun? Rufst du die Polizei?«

»Äon ist bereits informiert.« Das war gepokert. Wenn sie ehrlich zu sich selbst war, dann bezweifelte sie, dass Hanna von Äon erhört wurde. Eigentlich bezweifelte sie sogar, dass es dieses Wesen überhaupt gab.

Misano lachte schallend. »Und du denkst, der Erschaffer dieser Welt kommt angeflogen? Es schert sich einen Dreck um uns!«

Vermutlich hatte er recht. Äon war schlimmer als Misano. Als Jin. Schlimmer als alle Dinge, die Loki in sämtlichen Geschichten jemals angestellt hatte. Denn Äon hatte die Welt und das Leben erschaffen und nun löschte es alles einfach so aus, als wäre es nur ein dummer Witz gewesen.

»Es wird kommen und dich zur Rechenschaft ziehen«, verkündete Lita und hielt Misanos Blick stand.

»Dann musst du dich also beeilen.« Plötzlich hatte er etwas in der Hand, das er Lita zuwarf.

Reflexartig fing sie es auf. Es war ein mit Samt bezogenes Etui, wie es Juweliere für Ringe nutzten. Fragend schaute sie auf.

»Du willst das hier beenden?« Er ließ Eisblitze über seiner Hand tanzen. »Dann wirst du diesen Faden in das Weltengeflecht weben.«

Fassungslos starrte sie ihn an. Ein Blitz züngelte in ihre Richtung. Vorsichtig öffnete Lita das Etui. Ein Stück Schicksalsfaden lag darin. Farblos, das eine Ende voller Ruß. Der Faden war gerade mal eine Fingerspanne lang. War das ein Lebensende? Woher hatte er es? Und wessen Leben war dies gewesen? Natürlich!

Ihr Blick flog zur Eiswand im Torbogen. Rukar! Die Frau in der Sänfte! Er hatte gewusst, dass diese Frau der Grund für Misanos Überfall war. *Er hatte ja den Faden gestohlen!* Das war seine geschäftliche Mission gewesen, als er sie in den Baum gehängt hatte.

»Nein!«, stöhnte plötzlich Elaine auf. Sie hievte sich auf die Beine. Lita trat zu ihr, um sie zu stützen. Elaines Wange war von den Eisblitzen verbrannt, ihre Schulter schief, die Lippe aufgesprungen. »Lita –« Sie hustete.

Lita bemerkte Blut. Was hatte Misano ihr nur angetan! Entschieden klappte sie das Etui zu. »Vereis uns doch!«, blaffte sie Misano an. »Los doch – verwandel den ganzen Turm in einen leblosen Eispalast! Wenn du meinst, dass es das ist, was dich glücklich macht!«

»Du dumme Weberin denkst, du sitzt am längeren Hebel?« Wütend starrte er sie an.

*»Ohne Schicksal bringt die Welt zu Fall«*, flüsterte Elaine neben ihr.

Geschockt starrte Lita auf das Schächtelchen in ihren Händen. *Der Tod kommt zu den Lebenden.* Dies war der Faden einer Toten! Die Prophezeiung – sie erfüllte sich. Für einen Augenblick drehte sich der Raum um sie herum.

Elaine hatte alles darangesetzt, die Erfüllung dieses Orakels zu verhindern! Sie hatte es auf sich genommen, Hanna auszulöschen, weil sie dachte, ihre Tochter wäre die Tote unter den Lebenden. »Du hast dich geirrt«, flüsterte Lita und bemerkte, wie Tränen über Elaines geschundene Wangen liefen.

»Was flüstert ihr da!«, brüllte Misano und ein heftiger

Wind knallte gegen Elaine und schleuderte sie von Lita weg.

»Lass sie in Ruhe!« Lita ballte eine Faust. Es war egal, wann sie vor die Haustür trat. Wenn der Bus sie erwischen sollte, würde er es tun. Egal wann, egal wo, egal wie. Äons Wille war unumstößlich. Und vielleicht war es sein Plan, dass hier und jetzt die Welt ein Ende fand. Lita konnte nichts dagegen tun, es würde früher oder später ohnehin geschehen.

»Ich werde deine Großmutter erst in Ruhe lassen, wenn du Zara zurückgebracht hast!« Ein Eisblitz schlug neben Elaine ein.

Lita sah zu ihr. Sie blutete aus einer Wunde an der Stirn.

In ihrer Faust fühlte Lita das Etui. Es war weich und warm. Ein Leben, das geendet hatte. Konnte es überhaupt wiedererweckt werden?

Eisiges Knistern erfüllte die Luft. Ein weiterer Blitz sammelte sich auf Misanos Hand. Er würde Elaine umbringen, um seinen Willen zu bekommen. Ganz sicher. *Du musst kämpfen, Lita!*, hörte sie Faine.

Hatte er gewusst, dass es so kommen würde? Hatte er sie deshalb beschworen, alles zu versuchen und nicht aufzugeben? Damit sie der Welt sagen konnte, dass sie alles gegeben hatte?

»Soll ich weitermachen?« Drohend ließ Misano den neuen Blitz um seine Finger kreisen.

*Der Tod kommt zu den Lebenden. Ohne Schicksal bringt die Welt zu Fall.*

*Du, Lita, bist das Ende der Welt.*

Die Prophezeiung erfüllte sich. Unweigerlich.

Litas Finger waren schweißnass, ihr Puls raste. Misano würde Elaine zu Tode quälen, wenn sie nicht tat, was er wollte. Und dann? Nichts und niemand konnte ihn stoppen. Äons Wille geschah!

»Tu es nicht!«, hörte sie Elaine flüstern.

»Es ist unvermeidbar.« Lita kniete sich neben ihre Großmutter. Ihr silbriges Haar war gefroren und verkrustetes Blut bedeckte ihre Wange. »Das Schicksal kann niemand aufhalten«, murmelte sie. Sie war nicht nur zornig auf Misano und seine Brutalität, sondern auch auf Äon, das still dabei zuschaute. Und sie hasste sich selbst, weil sie sich so hilflos fühlte. Egal, was sie tat – führte es nicht immer zum Ende der Welt?

»Nun? Wofür entscheidest du dich?« Misano kam auf sie zu. Sein Mantel sah aus wie ein Wasserfall aus Blut, den er hinter sich herzog.

*Wie passend*, schoss es ihr durch den Kopf. Wenn sie den Faden nicht einwebte, würde Misano eine Weberin nach der anderen ermorden, bis eine aufgab und seinen Willen erfüllte.

*Denn was immer war, ist nicht mehr.*

Genau in diesem Moment löste sich das Herbstblatt, das Faine ihr angesteckt hatte, und segelte auf den gefrorenen Boden.

*Denn was immer war, ist nicht mehr.*

Mit viel Glück hatte der Glückskami recht und das Orakel sprach nicht vom Ende der Welt, sondern von einer Wiedergeburt. Aber was geschah mit all den Neugeborenen, wenn sie keinen Lebensfaden bekamen? Wenn ihr Schicksal nicht in das Gefüge der Welt eingeflochten wurde? Ohne die Weberinnen würden die Menschen nicht mehr sterben und in wenigen Monaten würde die Bevölkerungszahl explodieren.

Ein weiterer Eisblitz traf Elaine. Sie schrie gequält auf und Litas Herz zerriss.

Sie hatte keine Wahl. Was immer Äon mit der Prophezeiung angekündigt hatte, die Welt brauchte die Weberinnen. Wenn sie Misano nicht Folge leistete, würde es eine andere Weberin tun müssen.

»Hör auf!« Sie atmete durch und richtete sich auf. Sie tat das Richtige! Sie musste den Turm und die Weberinnen retten. Egal, was die Prophezeiung besagte. Unbewusst strich sie über ihre Stirn, dort, wo Faine sie zwei Mal geküsst hatte. »Ich werde den Faden wieder in das Weltengeflecht einweben. Aber auch ich habe meine Bedingungen. Erstens: Du taust die Weberinnen auf, die du ins Eis geschickt hast! Zweitens: Du verlässt den Turm und kehrst nie wieder zurück!«

Misano lachte lauthals. »Du gefällst mir. Hast den Mumm, *an mich* Forderungen zu stellen!«

»Ich habe keine Ahnung, ob dein Wort irgendeinen Wert hat, aber ich will, dass du mir auf den Faden deiner Geliebten schwörst, dass du keine Weberin sterben lässt!« Sie streckte ihm das geöffnete Etui hin.

Als er seinen Blick auf den Faden richtete, fiel für einen Moment all die zornige Getriebenheit von ihm ab und Lita sah sich einem Mann mit gebrochenem Herzen gegenüber. Einem Mann, der voller Verzweiflung alles tat, um das Leben seiner Liebe zu retten.

»Schwöre es!«, forderte sie ihn erneut auf.

»Bei meiner Liebe, gib mir Zara zurück und niemand soll sterben oder leiden.«

»Gut. Geschäft ist Geschäft«, meinte sie und wandte sich zum Spindelwerk um.

Elaine hatte sich aufgerappelt und blickte sie entsetzt an. »Nein, Lita«, krächzte sie mit letzter Kraft. »Du wirst die Welt in Asche verwandeln!«

»Das werden wir noch sehen. Es gibt Weberinnen, Kami und Unsterbliche. Warum sollte es keinen Phönix geben?« Entschlossen schritt sie zum Durchlass und betrat das Spindelwerk.

*Ich tue das Richtige. Ich tue das Richtige!*, betete sie innerlich und kletterte über die Stege in die Maschine hinein. Das Spindelwerk ratterte unbeirrt. Sie sah sich um, konnte jedoch keine Weberin entdecken. Sie waren offenbar geflohen.

Wenn sie sich nicht beeilte, waren es bald zu viele Neugeborene, die keinen Faden hatten! Auf einem Sims entdeckte sie einen umgefallenen Korb, aus dem leere Spulen gekullert waren. Zum Glück musste sie nur eine kurze Leiter hinaufsteigen, um sich eine Spule zu schnappen. Da bemerkte sie eine Weberin. Sie kauerte verängstigt auf dem Steg unter einem Schwungrad und starrte sie entsetzt an. Die Tasche mit den neuen Lebensfäden hielt sie dicht an sich gepresst. Ob auf diesen Fäden bereits vermerkt war, dass es Komplikationen geben würde?

Lita legte den Finger auf die Lippen, um der Weberin zu signalisieren, dass sie versteckt bleiben sollte.

Sie hob eine der leeren Spulen auf und hielt sie hoch, damit Misano sie sehen konnte.

»Was tust du da!«, rief er. Er war am Durchgang zum Spindelwerk stehen geblieben und starrte die Maschine sichtlich beeindruckt an.

»Auf diesen Spulen werden die Lebensfäden gewickelt und dann in das Weltengespinst eingeflochten.«

»Also los!« Anscheinend traute er sich nicht, in die Maschine zu klettern, denn er blieb auf der Schwelle zum Weltenraum stehen.

Lita öffnete das Etui und nahm den Faden heraus. Sie zitterte so sehr, dass sie mehrere Versuche brauchte, um ihn in die Spule einzufädeln.

*Du wirst die Welt in Asche verwandeln!*

*Das ist mein Schicksal*, dachte sie. *Ich kann mich nicht davor verstecken. Aber ich kann alles geben, kämpfen und nicht aufgeben.*

Noch immer zitternd, steckte sie die Spule auf einen Dorn.

Es war *nicht* ihre Bestimmung, die Welt in Asche zu verwandeln. Das hoffte sie. Und daran musste sie fest glauben. Ob sie dadurch Äons Pläne durchkreuzen konnte, würde sich zeigen, aber sie wollte sich am Ende nicht fragen müssen, ob es nicht doch noch eine Chance gegeben hätte. Sie verstand, was Faine ihr zu sagen versucht hatte: Nur wenn sie wirklich alles versuchte, konnte sie am Ende ihren Frieden finden.

Entschlossen fasste sie das Ende von Zaras Lebensfaden und führte es zu den beiden Transportrollen.

Misano starrte zu ihr herauf. Es sah aus, als hielte er den Atem an. Und sein Blick war voller Hoffnung.

*Ich bin ohne Faden geboren worden und das Glück ist auf*

*meiner Seite,* wiederholte sie in Gedanken. *Sobald Misano abgezogen ist, werde ich den Faden wieder entfernen.*

Entschlossen nickte sie ihm zu, als sie den Faden an die surrenden Transportrollen hielt.

*Alles wird gut.* Faine hatte sie zwei Mal gesegnet.

Sie würde die Welt retten. Nicht vernichten.

Die Transportrollen erfassten den Faden und er schoss davon, wurde so schnell in das Geflecht eingestrudelt, dass Lita ihn sofort aus den Augen verlor.

Alles ging rasend schnell. So schnell, dass Lita den schwarzen Rauch, der aufzischte, als der tote Faden einen lebendenden berührte, nicht bemerkte.

ENDE BAND 2

Marion Meister

# CIRCLES OF FATE

*Du willst wissen, wie es weitergeht?*

Die Folgebände in der Miniserie
erscheinen bald im Arena Verlag!

*Band 3: Schicksalskampf*
ISBN 978-3-401-60593-7

*Band 4: Schicksalserwachen*
ISBN 978-3-401-60594-4

Marion Meister

# Circles of Fate

## Schicksalskampf

Lita hat einen Vers der Prophezeiung erfüllt: Sie hat den Tod zu den Lebenden gebracht. Immer mehr Menschen verschwinden. Ihre Schicksalsfäden vergehen zu Asche und in den Straßen Londons bleiben nur Schatten zurück! Lita weiß, dass sie alles daransetzen muss, um die Menschen zurückzuholen. Unterstützung bekommt sie von Rukar, dem sie immer mehr Vertrauen schenkt. Aber könnte er als Halbblut und Sohn eines Unsterblichen ebenfalls in den Weltuntergang verstrickt sein? Allein der Unsterbliche Jin ist für das baldige Ende der Welt Feuer und Flamme. Er ist bereit, alles zu tun, um seiner endlosen Existenz endlich zu entkommen.

Band 3
240 Seiten • Klappenbroschur
ISBN 978-3-401-60593-7
Beide Bände auch als E-Book

## Schicksalserwachen

Die Schicksalsfäden zerfallen zu Asche und der Schicksalsbaum ist vergiftet. Mit seinem Tod gehen die Menschen zugrunde und es braucht eine Wiedergeburt – so schnell wie möglich! Lita reist mit Zara, Rukar und Tegan ins jenseitige Land. Sie müssen den Fluch brechen, der die Schicksalsfäden befallen hat, und einen neuen Schicksalsbaum pflanzen. Dabei wird Zara zu einer tödlichen Gefahr und Tegan spielt nicht mit offenen Karten, denn für sie ist das Ende der Schicksalsfäden zu verlockend. Lita ist bereit, alles für einen Neubeginn zu geben. Und als Rukar erkennt, welches Opfer sie dafür bringen wird, ist es bereits zu spät ...

Band 4
252 Seiten • Klappenbroschur
ISBN 978-3-401-60594-4
www.arena-verlag.de

Arena Taschenbuch

978-3-401-51203-7

## Lifehack - Dein Leben gehört mir

Ada ist neu an Ellies Schule. Ellie findet es geradezu unheimlich, wie ähnlich sie sich sehen. Ada ist so cool und mutig, wie sie es selbst gern wäre ... und da beginnt Ellies Albtraum. Denn Ada ist eine Künstliche Intelligenz und sie ist gekommen, um wie Ellie zu werden – sogar besser als sie. Ada, Ellies optimierte Version, spannt ihr nicht nur ihren Schwarm Parker aus. Sie verfolgt bald nur ein einziges Ziel: Sie will fühlen, was Ellie fühlt. Sie will sein, was Ellie ist. Sie will Ellies Leben übernehmen!

978-3-401-60372-8

## White Maze - Du bist längst mittendrin

Mit einem Schlag endet Vivians sorgenfreies Leben: Ihre Mutter Sofia wurde ermordet! Die erfolgreiche Game-Entwicklerin stand kurz vor dem Release eines bahnbrechenden Computerspiels. „White Maze" wird mit neuartigen Lucent-Kontaktlinsen gespielt – dank ihnen erleben die Spieler virtuelle Game-Welten mit allen Sinnen. Um den Mord an Sofia auzuklären, muss Viv selbst Lucent-Linsen einsetzen und tief in die virtuelle Welt eintauchen.

978-3-401-60581-4

## Gliss - Tödliche Weite

Ajit weiß, dass er die Stadt Hope niemals verlassen wird. Denn sie ist umgeben vom GLISS, einem Boden, auf dem nichts haftet und nichts gebaut werden kann. Hinter dem GLISS gibt es keinen Ort, keine Menschenseele. Doch als eines Tages ein toter Mann über das GLISS getrieben wird, ist Ajit und seinen Freunden klar: Die Geschichte ihrer Welt ist eine Lüge. Die Wahrheit jedoch – die liegt hinter dem GLISS...

**Jeder Band:** Gebunden • Auch als E-Book erhältlich • www.arena-verlag.de